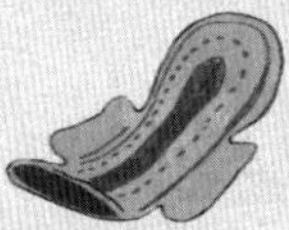

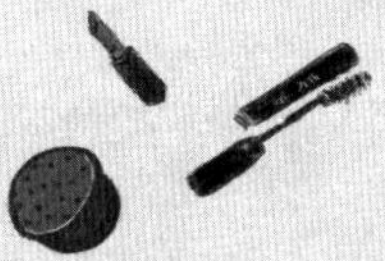

比鬼故事更可怕的是你我身邊的故事

少女老王——著

自序

我依舊在這裡，而且有你們陪伴

首先，我想先謝謝那些曾經傷害過我的人，沒有你們，我不會想起自己還有一枝筆，也不會有動力向世界傾訴那一次次幾乎耗盡我所有精氣神的「勇氣」，更不會有在這裡爲自己寫「序」的機會。

雖然現在的人，很少讀書了。

記得在我上大學以前，那個還沒有智慧手機的年代，圖書館就是我的Google，手指劃過書架上高高低低的書封，暢遊金庸全集的武俠時空、《池袋西口公園》作者石田衣良筆下的日本次世代、《白色巨塔》作者侯文詠用白話文勾勒出臺灣現實、《姊姊的守護者》系列作者茱迪．皮考特用磚頭那麼厚的篇幅，細膩描繪弱勢族群的生活點滴，每一本在最後的反轉，總讓人心情難以平復。

只是窩在書堆裡，就算不眞的出國，內心也如環遊世界一般富足。

前幾年受邀到日本長野出差，當地人自己都說長野太偏僻、觀光做不起來，我忍不住用日文回說：「能到長野，對我來說是圓了一個夢。」小時候讀了日本作家恩田陸的《常野物語》系列，深深陷入她筆下那處孕育出無數超能力者的「長野」魅力之中。小說裡，長野是日本本土最難到達、人煙稀少、被神祕自然能量眷顧著的地方；現實中，被群山圍繞的地形也成爲天然屏障，更讓我相信作家筆下的奇幻世界，可能是眞的。

我想，我永遠也忘不了那群長野人深受感動的神情，他們的魅力或許不在網路隨手搜就幾萬條的吃喝玩樂資訊裡，但卻能成爲書本裡最動人的故事。

小時候的我、窩圖書館的我、在長野的我、在社會浮游的我，對書一直有著特殊的感情與憧憬，怎樣也沒想到有一天，我也能寫出一本世界。

有一種民間傳說，叫做「逢九必衰」，意思就是歲數裡出現九這個數字，那年都得活得低調一點才能逢凶化吉。不太迷信的我在二〇一九年的生日，大肆慶祝了好幾次，結果還眞的在前東家度過「一年未滿、凶度十以上」的奇葩日子，就像抽中了「性騷擾」「職權騷擾」「性別歧視」「年齡歧視」違法大禮包。於是我開始在個人社群頁面連載職場生活，竟意外收到各個時期朋友們的敲碗，包括大學時爲了交作業認識的電影導演、美國打工時認識的才女作家，甚至收到各種工作機會，原本深陷泥沼的人生，突然出現好多新的選擇。

二〇一九年七月八日，在這個數字諧音唸起來超解氣的日子，粉絲專頁「比鬼故事更可怕的是你我身邊的故事」成立了，一篇篇分享自身經驗的故事以超乎想像的速度與範圍不斷擴散、迴響，而之後的媒體轉載甚至出書邀約，對我來說更像是在做夢一樣。

雖然在經營粉絲專頁的過程中，我常常深陷痛苦回憶，一邊寫、一邊哭，更常常被自卑心理折磨，懷疑像我這樣平凡、沒有高學歷，又常常滿載負能量的我，是否眞有資格分享故事讓人閱讀。

但在我最輕視自己的時候，收到了來自圓神出版社的出書邀約，給我機會一圓作家夢，而且還不斷在我第Ｎ次陷入自我懷疑時，給我許多打氣、鼓勵，能遇見這麼溫暖的團隊，眞的很幸福，也很感謝。

我只是一個平凡的女孩，想在這個世界平凡地活下去，儘管不是每一天都過得很順遂、不是每一天都覺得呼吸理所當然、不是每一天都讓人對明天充滿希望、不是每一天都充滿勇氣對抗惡勢力，但我依舊在這裡，時間依舊在走。

而且有你們陪伴。

推薦序

他人的鬼故事，是我們共同的過去式

柚子甜

緣分串起我和少女老王，是約莫十年前的事。

雖然一開始並沒有很快熟絡，卻也因爲這條「弱連結」，我才有幸在她撰寫一篇篇「職場鬼故事」的時候，能搶著搬張小板凳坐在第一排，等著她發布在私人臉書的驚悚人生——沒錯，這個創立半年，每篇文章就已動輒五千上萬讚的粉絲團，開始只是誕生在私人臉書，寫給我們這些朋友看的小故事。

我還記得當時的情景：只要滑到她的發文，不管當下正在做什麼，都會立馬停止手邊的事搶先看她的文章。起初只是對少女老王的經歷嘖嘖稱奇，同時被鮮活而獨特的文筆打動，看得欲罷不能，頻頻「敲碗」問什麼時候有下一集。但時間慢慢拉長，我發現她有一個強烈的特質深刻地吸引我，終於有一天，我忍不住傳訊息跟她說：「妳的勇氣，應該是我的兩億倍吧。」

慣老闆、職場騷擾、性別歧視，這些看了讓人揪心的經歷，我自己遇過，也是很多人共通的遭遇，頂多只是職場文化的差別，有些人的情節也許沒有這麼刺骨。然而基於「以和為貴」的社會氛圍，我們常常選擇忍氣吞聲，反覆地對自己叨唸：「是妳想太多了。」「沒那麼嚴重。」「他就是這樣的人，不要跟他認眞他就會自討沒趣了。」

但，眞的是這樣嗎？還是因爲迴避衝突，用這些胭脂粉飾自己蒼白的疼痛呢？又或者更殘酷的是，整個社會都希望女生這樣自我檢討、自我弱化，好讓「潛規則」繼續運作下去？

作者的文章讀起來很痛快，「快」自然是大快人心，反擊壓迫的那一面，但我細讀書稿後深深反思，更想好好呵護的是「痛」——讀罷文章，餘韻繚繞的時候，我們這個世代的女生，都在心底，隱隱感受到一種共同的疼痛。

那種痛是：被指認了傷，才意識到它的不曾消失

有些東西，不是不痛，而是沒被指認出來，才以爲它不存在。

職場中似是而非的價值觀、求職時不可理喻的潛規則、學生時期老師的無上權威、家族鬧劇裡到底什麼才是「孝順」的荒謬……書中我印象最深刻的是，小時候的作者在大人的眼皮底下過活，逢年過節要爺爺奶奶叔叔伯伯輪番喊一聲，這也就罷，但還是小孩子的她，如果不小心漏了哪個不在場的誰，長輩會直匆匆地跑出來，指著她鼻子質問：「妳剛剛爲什麼沒有喊我？」等她慌張地補喊長輩稱呼，才換來對方親暱地揉揉捏捏：「好乖好乖。」

這一幕滿滿的既視感，我瞬間被拉回了兒時，逢年過節被爸媽帶到親戚家，就是面對一輪板著臉的大人，端起架子等小孩「喊人」的SOP，以確認長輩不可侵犯的權威。甚至小時候接起親戚打來的電話，對方也是第一句問：「你是誰？」下一句才是：「我是某姑姑。」而你必須毫不猶豫地大喊姑姑好，否則對方下一秒就是酸你：「怎麼都不會叫人？」「這麼沒有禮

貌。」「你爸媽都沒有教你？」

小時候，這些心靈的刮傷習以爲常，甚至不曾懷疑它是一道傷。直到近年來，市面上陸續出現的親子教養書，以及作者的文字，都像一面面磨亮的鏡子，你第一次在反射裡讀到自己眼中的恐懼，你才知道，那確實是傷。

跟著少女老王的文字，回顧自己的童年、職場生涯、性別角色，甚至國族定位，字裡行間的痛快之外，過去的自己彷彿也獲得了釋放。

（本文作者爲作家／心靈工作者）

目錄 CONTENTS

第二話：妳站在界線的哪一邊？

第三話：媒體叢林裡的槍林彈雨

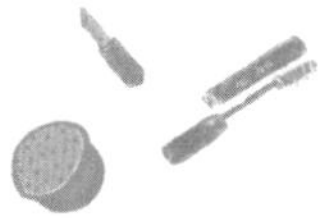

第一話：

打印著第二類字樣產出的女孩們

1
先得不是人

二十九年前，我出生了。

我是一個女生，跟所有出生的女生男生一樣，才剛離開可以理所當然廢著當個人的十個月羊水漫長漂浮，就要以違背地心引力的姿勢頭下腳上、被倒吊拎起來擊打屁股，皺成一團的皮膚都還沒舒展開呢，血液就順著皺痕爬紅了我的臉，引來了我的第一聲啼哭，那象徵著健康與生命，同時也象徵著這個世界有多讓人哭，甚至不哭不行。

在經過一連串身體器官是否完好無損、生命徵兆是否正常的確認後，皺皺小小的我終於被包進包巾裡，傳遞給每個期待與我見面的人，除了我的爺爺跟奶奶。

因爲我腿間的光滑、十幾年後會隆起的胸前，這個注定導致宗親祖姓中斷的性別，讓爺爺失望地把已經蓄長的鬍子剃去，剃得光滑嫩亮，就像剛出生的我的新屁股一樣。然後寧願摸著自己的下巴也不願拍拍我的屁股，嘆了聲：「我等來個孫子，再重新留吧！」奶奶則是抓著我爸媽的八字，跑去算命先生那裡，質問到底誰沒兒子命。

「是您的兒子。」算命先生毫不遲疑地說。

「是您的兒子沒有兒子命。」學過生物課本裡，說染色體是由男性精子決定的那個單元的算命先生，毫不遲疑地說。

看來重男輕女的風潮終於邁入青黃不接的灰色地帶，稍微靠近科學時代一點點了。

因爲我「天生少一根」引起的亂流，暫且平靜了下來。然而待我的皮膚終於從足月浸泡中平整攤開，大家這才看清楚我到底長什麼樣子。

「沒有頭髮、沒有眉毛……她一根毛都沒有。」我媽趴在玻璃上望著我說，手掌緊貼著窗上的掌印，那裡大概正是最佳觀嬰位置。

「小孩子就是要乾乾淨淨才漂亮啊！」我爸寵溺地說，徹底忽視旁邊一整排毛髮量豐厚的嬰兒，以及其雙耳健全的父母們。

然而，在我成長到能夠把聽力跟記憶串連起來的年紀以後，我最常聽到的詞卻是「醜小鴨」。

小時候因爲父母雙薪，常把我放在姑姑家寄養，因爲姑姑、姑丈的幾個小孩正好都到了上學的年紀，白天可以全力照顧我一個。

我的表哥表姐個個都是校草校花等級，而我不知道是羊水滲透得太過於強烈還是怎樣，五官一直長不開，很難聽到那種脫口而出的「好可愛」，雖然等個一兩秒還是聽得到，但我們都知道是什麼意思。

其實脫離嬰兒時期，頭髮還是長出來了，只是眉毛依然稀疏，配上下垂小狗眼、泡泡的內雙眼皮，雙眼總是朦朧無神毫無晶亮神采。幸好圓滾滾的臉頰肉中間，卡著一顆比例上有點過大的鼻子，算是拯救了那些詞窮的大人。

「是有福氣的孩子！」大人們慶幸地說。

「這鼻子這麼大，像寶庫！會有錢！」大人們一邊捏著我的鼻子一邊慶幸地說。

姑丈看著被「福氣」壓到已經慣性低頭走路的我，總會溫柔地把我抱進懷裡、盤腿坐在地上，打開電視機裡那個「把每個人的臉都塗成固定表情」的京劇，然後在各種尖銳哀惋的歌聲中，輕輕地告訴我：「醜小鴨沒關係，長大就會變天鵝。」

我看向映像管電視機螢幕反光中，與顏料臉譜們交疊的自己的臉。

「那他們爲什麼要把自己畫成別人？表情還不會動？」我問。

「他們這個叫演戲，假裝自己是別人，然後變成那個人。」姑丈問：

「妳有想變成的人嗎？」

就像是被洗腦了一樣：「我想要變成天鵝。」

我翻開故事書，看著裡頭的醜小鴨因爲有著跟別人不一樣的外表，或者說是經過「刻意醜化」而特別不一樣的外表，被排擠、被欺負，最後鬱鬱寡歡，讓我的手忍不住暫時離開書頁，輕碰了一下自己的鼻子。翻到下一頁，看到牠長大了，變成了天鵝，那優雅纖長的脖子聳過一整片鴨群，獨自與衆不同。

姑丈指著天鵝說，「妳看，醜小鴨長大就會變這麼漂亮。」

然而我的視線焦點卻停留在姑丈手指後面，那看起來長得都一樣的鴨群，一枝獨秀的那隻鵝在視線裡漸漸模糊。

「所以牠根本不是鴨子。」我的眼睛瞬間噙滿淚水。

「那我也得不是人才行嗎？」語畢，我放聲大哭，哭得比電視機裡的京劇還悲悽。

我年幼的心靈，第一次嘗到什麼叫做絕望。

2 如影隨形的枕頭怪物

朋友常笑我講話三句不離屎尿，大概也跟小時候的經歷有關吧！畢竟跟一般人類相比，我與自己屎尿相處的時間眞的滿長的，現在想想，得謝謝隔壁鄰居的小花妹妹，不然還可能更長。因爲她在一歲半的時候就爽快地戒了尿布，所以一起到公園玩時，小花妹妹是跟著媽媽去廁所解放膀胱，而我則是一邊玩沙，一邊輕鬆地就地解決生理需求，乍聽之下似乎沒什麼問題，但其實那時候的我已經四歲了。

對，我四歲才戒尿布。也不能說戒，應該說是「被中止」穿尿布，畢竟沒有比較沒有傷害，對媽媽來說，看著別人家的嬰幼兒已經可以面對馬桶，她家的兒童卻還在隨心所欲地到處解放，想必是受到一定程度的刺激。

「要上幼稚園了，妳該學著去廁所尿尿才對。」我媽一邊說著，一邊把新的尿布往我不可能搆得到的高處塞去。「學校裡每個小朋友，都是自己去廁所用馬桶的喔！」

那時的我還不知道，在十年、二十年之後，廁所會成爲我逃避現實的避風港，我可以抱著一疊馬桶讀物，在裡頭合情合理地以「人類就是必須排泄的生物」爲由，待上很長一段時間，這是一個不容質疑的原因與空間，畢竟每個人每一天都必須排出些什麼，解放生理跟心理的需求。

不過在什麼都很光明美好的小時候，廁所是家裡燈光最幽暗的地方，不管我摸了廁所的哪裡，都會馬上被大人訓斥：「很髒！」而對幼小的我來說，馬桶就是一個裝滿水的無底深淵，按下按鈕會發出恐怖巨響，把所有東西拖進黑暗之中，然後若無其事地送回一池清水，像是什麼都沒有發生過一樣。

這種會被化爲虛無的恐懼，逐漸在我心裡萌芽，導致那陣子我只要一上完廁所，接下來的固定流程就是穿好褲子、右手抓緊門把、左腳從身體劈開抬高高，然後在用腳趾按下沖水按鈕的瞬間用力打開門，頭也不回地衝出廁所，速度之快表情之猙獰，常常把家裡其他用廁人嚇得魂飛魄散。

「裡面是有蟑螂喔?!」媽媽第九十九次驚魂未定地在廁所門前痛罵，而我正因爲第八十七次劈腿拉傷跌坐地上痛哭。

就這樣，我帶著對尿尿的恐懼進了幼稚園，老師在帶我認識環境時，不知有心還是無意，特別介紹了被裝飾得可可愛愛的女生廁所。

「妳看，我們的馬桶都是小朋友專用的，洞口不大，也不會太高，妳可以很舒服地坐在上面喔！」

我探頭看了一看，嗯，的確跟家裡的比起來，我不用跳就可以下馬桶，而且鵝黃色的馬桶搭配粉橘色的隔間、天藍色的瓷磚地板，以及明亮的採光，說是廁所，更像是公主的房間，好像可以試著在這裡安心地尿尿了。

於是第一節課下課，我就帶著蓄勢待發的膀胱，戰戰兢兢地往廁所去，挑了看起來最亮的一間，脫去褲子、安心地坐上剛剛好接住屁股的馬桶圈，窸窸窣窣地開始解放……

門開了。

一個穿著圍兜兜的女孩打開我的門，站在那裡，看著我，我也看著她，同時下面還在繼續流淌。

「啊！！！！！」隨著女孩衝出廁所的尖叫聲，我也連忙站起來去抓門，卻忘記自己還是正在進行式。

就這樣，我第一次尿褲子，竟然是在廁所的馬桶上。

從那一天起，我媽每天都會在我的書包裡放一條新褲子，而我也再不敢去廁所，還開始憋尿、不喝水，以爲這樣膀胱就不會有東西，誰知道人體組成最多的根本就是水，每天仍然可以準時產出一膀胱廢棄液體，讓我在午休時間的睡袋裡，一邊做夢一邊排出。老師也沒多說什麼，總是在災情尚未擴散之前熟練地先摸一下我的被褥，確認「果然又濕了」以後就熟練地把我抱出來、熟練地拿出書包裡第二條褲子、熟練地幫我換上，最後再熟練地把濕了的褲子塞進塑膠袋，放進書包裡。放學時拿給我時會說：「小心拿，濕掉的褲子都會比較重喔！」

老師千篇一律的態度，反而讓我有種被遺棄的感覺，似乎已經沒有改善的可能。而且老師不知道的是，每次她以爲大家都熟睡著的午休時間，其實很多人是醒著的，聽到動靜還會特別爬起來，把臉埋在枕頭裡，一邊裝睡，一邊抬起一隻眼睛，悄悄地從枕頭裡望著我，那一個個澄澈的眼白中間，黑色眼球正隨著我被老師脫得一絲不掛的下體，靈活地轉動著。

我覺得很不舒服，但也不知道該怎麼辦，夢裡開始出現一隻又一隻的枕頭怪物，它們都只有一隻眼睛，平常緊閉著，軟軟蓬蓬的，我舒服地睡在它們之間，輪流抱著一個又一個大大的枕頭甜睡，但只要我膀胱一緊，它們就會一起睜開眼睛，從我的懷裡脫出，衝向我的下體死死盯著。直到黃漬浸染了它們晶亮的眼白，那一顆顆專注的漆黑順勢鑽進了我的身體，將我的心扯進按下沖水鈕時的深淵之中。我醒了，就像馬桶沖水後浮出的清水，沒有任何人發現我的痛苦，沒有任何證據的我，只能揣著恐懼無從說起。

就這樣，媽媽在我書包裡準備的第二條褲子，一直陪我到了小學二年級，才因爲更多的刺激與社會化，逐漸學會控制自己要等到鎖上門、脫下褲子、在馬桶圈上坐好後才開始解放。

正當我以爲尿褲子的惡夢終於結束，卻又馬上迎來了身爲女性避也避不掉的月經。小學五年級下學期，我的褲子就這樣突然間被染紅，並且在教室長廊上，留下了一滴又一滴的痕跡。

格林童話《糖果屋》中的漢賽爾與葛蕾特在被爸媽丟棄至森林時，撒下麵包屑替來路做記號，沒想到卻被貪食的鳥兒跟松鼠吃掉，才因此誤闖了魔女的糖果屋，最後爲了活下去，不得不成爲殺人犯，將魔女推進火爐之中。

我多希望那一串暗紅腥臭的血點，也能夠有哪隻嗜血的鳥兒舔去，而不是讓那個比我先發現這一切的男孩，循著痕跡一路追蹤到女廁門前，然後指著我褲子臀部的一片暗紅嬉笑，而我看著那一串血跡，再也找不回純眞的自己。

我開始笨拙地使用起衛生棉，有翅膀的、沒翅膀的、夜用、日用、量多、量少，夾在一群大人的身影中，學著挑選形同「第二條褲子」的衛生棉。而在學校拿著衛生棉要去廁所更換時，小小的手還無法完全握住這一片白色，再度成爲男同學之間的笑柄。

「快看！她要去換衛生棉了。」「她屁股是不是又紅紅的？」「好臭喔！」「月經有個味道。」「好髒！」

「我爸爸說，女生月經來的話，馬上就要長ㄋㄟㄋㄟ了。」男同學笑著在胸前比畫著。「然後就要穿胸罩了！」

全班鬨堂大笑。

放學時，老師偷偷把我拉到教室角落，送給我一個貓咪造型的小包包：

「以後『那個』來了，就把衛生棉放在包包裡面，去廁所時就這樣拿著。」

「什麼是『那個』？」我問。

「月經啊，生理期。」老師解釋。「在公共場合我們不用講得這麼直白，讓聽到的人不舒服。」

老師幫我把衛生棉放進貓咪包包，「那些臭男生看不到，就不會再笑妳了。」老師微笑。「而且這樣才有禮貌喔。」

那時的我還不懂，這個貓咪包包不只是用來裝衛生棉，同時也把女性身體的一部分封存了。在大家看著都喊「可愛」的貓咪笑臉之下，我們是見不得人的髒汙，雖然同時也是人類孕育新生命時必經的過程。

我們可以肯定地說貓咪可愛，但是卻無法暢談長大的過程是不是眞的那麼髒。

直到十五年後，我的衛生棉們總算從小包包畢業，開始像貓一樣自在地出現在桌面上、電腦主機上、鍵盤旁邊、我的大腿上。

同事：「妳那個來喔？」

我：「嗯，我月經來了。」

下體突然感受到一股熱流湧出，我匆忙起身，隨手撈起鍵盤旁觸手可及的衛生棉，小跑步穿越整個辦公室，在廁所裡痛快地，用撕開衛生棉背膠的聲音劃破寂靜。

3 遮蓋慾念的小背心

自從月經來了以後，身體開始產生各種微妙的變化，不只要用衛生棉來接住剝落的子宮內膜與血，還得面對逐漸隆起的胸前，以及邁出曲線的腰。在此之前我也完全不知道，原來到內衣店挑內衣，得先在更衣間把上身脫個精光，再任由穿著店制服的阿姨推擠我因還在發育而不斷腫痛的胸部。

「妹妹妳發育很快餒！」我像個布娃娃一樣，在更衣室裡茫然地抬起雙手，忍受著阿姨雙掌有力的揉捏，甚至試圖把我背後的肉也推到胸前，塞到內衣裡面。

「這樣，」阿姨把手穿過我的胳肢窩，奮力抓住我背側的肉往前擠。

「才不會，」一直不斷地擠。

「有副乳。」阿姨終於鬆了一口氣放開手，驕傲地看著她在我胸前堆得整整齊齊的兩坨肉。

「才十一歲就可以穿內衣，很多妹妹這時候還在穿運動內衣呢。」阿姨笑咪咪地說，順手捏了我胸部兩下，我覺得我的背好像被挖空了。

其實我也穿過運動內衣，大概是在我初經剛來沒多久後，大家胸前都有的那兩點突然成了見不得人的器官，大人們說不穿內衣就是露點、激凸，「走在路上很危險」，於是我就這麼糊里糊塗地，在胸前一片平坦時就穿上運動內衣，然後漸漸在發育過程中，認同了內衣存在之必要。

當然剛開始穿內衣的時候，絕對不會想到「擋住內衣的顏色跟形狀」也是必須的，直到上了國中，領到徹底抹去個人化的制服，才在繁複的服儀規定中領會到了這一點。

我念的國中，雖然沒有規定女生不能留長髮，但爲了不讓學生花心思愛美不讀書，在看似放寬的規定中還是要求得很嚴格，比如長髮及肩一定要綁起、髮色一定要是黑色，天生髮色不黑還得請家長寫保證書，證明是「自然淺」，這個也是親身經歷以後才知道的。

那一天在操場升旗時，我被教官從隊伍裡拉出來。

「妳這一頭黃頭髮是怎麼回事？」教官在陽光下瞇著眼，看著我被照耀到閃爍金光的髮絲。「妳染頭髮？」

「沒有。」我無奈地說。

「那怎麼會這麼黃？」教官伸手拉了我的頭髮。「也太黃了！」

「哎呦！」因爲痛，我把頭髮從教官手裡拉回。「這是用羊水染的！」我忿忿地回嘴。

教官一聽興奮地把我抓回學務處，一邊說要記我服儀不整，一邊說要聯絡家長告狀，說我頂撞他。

「王媽媽嗎？」教官看著在一旁罰站的我，打電話給我媽。「妳女兒染頭髮妳知不知道？」

我耳朵不用靠在話筒上，都可以聽到我媽驚訝的高音頻。

「怎麼可能！」我媽沒好氣地說。「她頭髮今天早上還是那個樣。」

「可是王媽媽，她自己說是染的。」教官按捺不住得意的語調，「用羊水。」

不只話筒那端安靜了五秒，我也安靜了五秒，整個學務處都安靜了五秒。

「沒錯啊！」因爲學務處突然太安靜，導致話筒另一端的我媽的聲音變得非常清晰，「眞的就是在我肚子裡泡十個月變這樣的，我能怎麼辦？」

「您說什麼？」教官傻住。

「我孩子的意思就是，她天生髮色就那麼淺。」我媽耐心地在幫我收拾爛攤子。「羊水你也泡過啊！」

感受到教官依舊不懂，我媽非常貼心地補充說明：「就是你在你媽肚子裡游的時候！」

那天起，每次輪到我們年級升旗時，我都會清楚感受到教官犀利的目光總會特別仔細，從頭到腳掃視我一遍。

除了頭髮，服儀規定裡還有一項，就是要在制服上衣裡面搭一件「淺色無圖案小背心」，原因是白襯衫太透明，如果不再穿一件小背心的話會「很不得體」。

當時的我們還不曉得，所謂「穿學校制服的少女」是多少人的性癖、「若隱若現的性感」又是多少人類最深層、最赤裸的物化慾想，甚至爲了正當化這股色念，擅自創造了一種女性就該把性徵包緊緊的潛規則，若是稍有裸露就叫「引人犯罪」，被視姦、性騷擾乃至性侵，總是會有活該一說。

人類明明是一絲不掛地來到這個世界，但即將在女孩身上萌芽開花的部位，卻都會「害人起邪念」。遮了一層，不夠。遮了兩層還是不夠，只穿內衣太性感，透視感引人更多遐想。遮了三層，你以爲夠了嗎？若是穿上像學校制服這樣，被某些網站貼上有色標籤的衣服，那對性犯罪者來說，反正最後都會扒光，越多層根本越興奮。然而對女生來說，這個世界有很多聲音覺得妳穿三層才表示「已經盡力」「是對方太壞」，只穿兩層或一層就是「有意誘惑」「難怪會被害」。

為什麼對於女性的身體，犯罪者永遠都可以有「誤入歧途」的理由？

然而這荒唐的世界，對當時才出生十幾年的我們來說還很遙遠，網路還不普及，只知道這樣的服儀規定穿起來很熱，明明制服襯衫的材質已經很不透氣、被包住的胸部也已經夠悶了，到底為什麼還要再穿一件？沒有人發問也沒有人回答，女孩們私下抱怨外也還是乖乖接受。

不過入學以後，這件規定要夾在內衣與制服襯衫之間的小背心，發展成了女孩之間的小心機。

所謂的小背心分為三種，第一種是類似爸爸汗衫的款式，寬寬的肩帶與U字型前領相連，背後無聊的一整片背心，將整個身體裹得跟個老頭子一樣，這種穿了就是「俗氣」，卻也是大多女孩的選擇。

第二種背心是採平口設計，兩條肩帶是細的，有的肩帶還會採背後交叉式，巧妙地將背部與胸前的肌膚修飾出漂亮線條，這種，是受歡迎的女孩會穿的。

而最後一種就是「乾脆不穿」，這種直接無視校規的霸氣行爲，一開始在青春期躁動的校園裡是很流行的，那些在白色制服下透出的五顏六色內衣，在抹去個人色彩的無聊制服底下，就像掙脫了壓抑的枷鎖，綻放獨一無二的鋒芒，將一張張稚嫩臉蛋襯得自信滿滿。但在教官或老師的眼裡，不穿小背心簡直就像犯了淫蕩罪，用「不檢點」「騷」「很醜」等詞語取代小背心，貼在十幾歲少女的身體上，同時入侵了我們還在塑形的價值觀之中。

我一向是第一類型的乖乖牌，但有次到校時才發現自己匆忙之間竟忘了穿小背心，率先衝上臉頰的血氣全是恐懼，恐懼又昇華爲恥辱，轉瞬再變成冷汗，從背脊開始冒，吞沒我整個人。但因爲馬上就要到操場參加升旗，我只好先套上制服毛衣遮擋走出教室。由於每班升旗服裝都是統一的，那天我們班全是白色制服襯衫配藍裙，加穿毛衣的我在隊伍裡變得非常突兀，為了不讓班級扣分，我只好躲進隊伍中間脫下毛衣，放在腳邊的草地上。

在晴空萬里的藍天下，國旗歌、國歌響起，老師、校長輪番上臺報告校務，炙烈的太陽晒得大家雙頰通紅，我知道自己的上衣隨著汗水浸潤變得越來越透明，整個人也越來越焦躁，果然不用幾分鐘，羊水事件中的教官走近，雷達般的雙眼準確地落在了我的胸前。

「妳的小背心呢？」教官拿筆敲敲我的內衣肩帶，嚴厲地明知故問。

此時司令臺上，校長正在頒獎給作文比賽得獎的同學。

「我忘了穿。」我小聲地說，整個身子不由得蜷縮了起來，想盡可能地讓內衣不明顯一點。

教官搖了搖頭，動手扯了我的制服上衣要看學號，隨即在他的板子上記下來。

然後他確認了一次我的名字。

巧合的是，司令臺上的司儀也叫了我的名字。

瞬間有上百隻眼睛轉向這裡盯著看。

「在叫妳？」教官愣住。「妳得獎了嗎？」

「對，」我小心翼翼地說：「好像是在叫我。」

「妳穿這麼暴露，」教官生氣地用筆再度敲著我的肩帶，「上去領獎成何體統！」

隨著司令臺上的催促，越來越多人看向這裡，我的頭羞愧地低下來，這才看到草地上的毛衣。

「我可以穿毛衣上臺領嗎？」我像得救一樣指著被我脫下的毛衣，卻換來教官冷峻的目光，他蹲下，用兩根手指拎起我的毛衣。

「這件毛衣，」我的毛衣在教官手上搖搖欲墜，上面還黏了幾根草，「第一節下課再來學務處找我拿。妳就穿這樣上去領獎，我看妳有沒有羞恥心。」

就這樣，我被推出了隊伍，離開了人群保護色，走進由一個個班級群體排列成的迷宮之中。而爲了隱藏身上這對被教官的筆重重敲擊過兩次的胸部，我的頭越來越低、背越來越弓，視線裡只剩下我加快的步伐。在催促聲中跑起來時，胸前因爲擺盪的動力拉扯出難忍的痛楚，每一下，都像在提醒我「裸露」。可是，我明明有穿衣服，我明明穿的是全套的制服。

我不記得自己是怎麼上臺領獎的，可是在那天之後，從小就慣性低頭走路的我，視野便只剩下自己的腳及各處的地板。我媽不知罵過我幾次，叫我抬頭挺胸好好走路，我總以怕踩到狗屎爲由繼續逃避，漸漸地，我也開始成功說服自己，眞的是因爲怕踩到狗屎，才這樣弓起身走路的，但路上眞有那麼多狗屎？

日子久了，我的背也開始跟著胸部同時隆起，有同學嘲笑我是「鐘樓怪人」，從此嚴重的駝背跟脊椎側彎便成爲我身體的一部分，至今仍未痊癒。

幾年過去，邁向成年的我一直有個疑問：到底爲什麼制服要做得如此透明，讓那件小背心成爲必要之存在？小背心眞的只是要遮住內衣那麼簡單嗎？還是，那其實是引導女孩養成自責意識，甚或是滿足某些大人的慾望？

直到出社會後我才明白，有多少職場對女性的態度，輕薄如那幾近透明的制服襯衫，而穿著上的種種限制正是各種形式的小背心，意圖篩掉一些與「奶」有關的物化與歧視。只是爲什麼，我們明明已經穿得比男生還多了，卻從來不會有人開雞雞上位的玩笑，但是女生那纏了又纏的胸部，卻往往被簡化成事業順遂的唯一理由？

4 愛，是要摸又要叫

身爲家中這一輩最後出生的成員，講一句廢話，就是大家都比我年長的意思。這在奉行大中華儒家思想長幼有序、敬老尊賢的外省家庭裡所代表的意義，就是大家都會疼我，但前提是，我必須是個尊重長輩且懂禮貌又討人喜歡的小孩。

就像是一場以愛爲名的交易。

自從我會講話，並且大腦開始具備記憶功能起，大概有一半以上的記憶體都拿來記下所有親戚的稱謂跟順序，而且還得靈活運用，依據現場情況事實抽換排列等。爲什麼這麼說呢？這得從親戚聚集力最高的過年說起。

從小每逢過年期間，在從外面回家進家門之前，我總是會先深吸一口氣再推開鐵門，然後低頭快速掃一遍玄關的鞋子有幾雙，再微微抬眼觀察有幾雙室內拖鞋還沒人穿，接著才能關上鐵門，走進一屋子人的視線中，並在他們開口說「妳來啦」之前叫完整個家族的人。

「**爺爺奶奶**二姨婆**乾爺爺**乾奶奶**大姑姑**大姑丈**二姑姑三姑姑三姑丈**四姑姑四姑丈乾姑姑爸爸媽媽安安表哥亮亮表哥家家表哥偉偉表哥翔翔表哥強強表哥澄澄表哥琳琳表姐菲菲表姐。」

我乖巧地站在玄關，依照輩分、歲數、男前女後的順序，用唸rap的節奏一次叫完現場所有比我年長的家人，其中叫到有重聽的（粗體字者），還得自動調高音量確保對方聽見，而沒有重聽的就得趕緊調回正常音量，免得該親人以爲我在不爽，曾經就有一次我喊得太大聲，被該親人在背後抗議，說我：「用吼的不太禮貌耶，是不是不開心？」

在我完美表演完依照每位個體戶客製化的「叫人」以後，換來一串「好乖好乖」「好有禮貌好有禮貌」，我就知道自己可以把鞋子脫掉，進入室內了。但這還不是結束，依照過往經驗總會有一兩個漏網之魚，不是剛好待在廁所，就是在廚房異常大聲地切菜，所以這時我必須先去廁所門前確認該單間是否爲使用中，是的話，就會在門口恭候該長輩解決完生理需求，待他打開廁所門時，再像不經意經過一樣，甜甜地喊一聲：「大姑丈好！」

但百密總有一疏，畢竟我還只是個孩子，正當我成功攔截廁所裡的那位，並獲得摸頭獎賞以後，客房裡那位噘著嘴不開心了。「妳進來怎麼沒有叫人？」剛剛在客房裡換外套的三姑姑走過來，手指著我的鼻尖直問。

「三姑姑好！」我露出充滿歉意的笑，三姑姑這才邊說著「眞乖眞乖」邊把我擁入懷，肥肥的手在我背上揉啊揉。

沒錯，除了叫人以外，我從小就在各種「摸」之下長大。整個家族除了我爸我媽以外，都很愛觸碰我。比如長輩跟我講話時，手一定在我手臂上來回遊走；看電視時沒辦法自己坐在沙發上，而一定要坐在誰的腿上；我單純經過他們身邊時，他們也要伸出手碰我，好像沒有身體接觸，關愛就無法傳達一樣。

我其實很討厭跨坐在男性長輩的腿上，因爲他們抖腳時常頂得我很痛；我也不喜歡被抱在男性長輩懷裡看電視，因爲又熱又不舒服，而且有時他們的手會覆蓋在我尚未發育的胸部並抱緊，讓我就像被綑綁一樣，哪裡都去不了；我更討厭只是在家裡走來走去，就要被大家的手碰一輪。尤其我現在已經長大，以一個社會化的成年人角度，回想小時候長輩們對我種種的親密行爲，我只感到一陣反胃。

但當時的我只是一個小孩，我不知道要怎麼保護自己的身體自主權，甚至根本不知道有身體自主權這個詞。而且萬一表達出自己的不喜歡，「不禮貌」「不可愛」「叛逆了」「翅膀硬了」各種否定的單詞想必會壓得我喘不過氣，連帶我媽這個「媳婦」也跟著尷尬。

好在我爸跟我媽從小就很尊重我，尤其我爸除了過馬路會牽手或拉一下手臂，其他時間幾乎不碰我，等我發育後更是徹底不碰，但他不愛我嗎？不是的，因爲我們都知道愛可以是任何形狀。

長大以後，隨著見多識廣，我的人生不再只有家族這個小圈圈，同時也長到了大家都認同「可以有自我意識」的年紀，我開始拒絕所有來自親戚的觸摸，結果害奶奶好傷心，三姑姑還私下抓著我唸了一頓，問我：「就讓奶奶摸一下會怎樣？」「我不喜歡……」三姑姑聽了連忙呸呸呸：「那是奶奶對妳的愛，妳怎麼能不喜歡！」「而且奶奶是女生，摸一下又沒有關係。」三姑姑捏了一下我的臉頰：「妳喔，陪奶奶聊天的時候也摸摸她，她就會很開心。」

可惜我還是做不到。於是奶奶每天跟女兒們通電話時抱怨得越來越厲害，甚至直接叫我「千金大小姐」。

某天我進家門時，奶奶剛好走過眼前，於是我趕忙先叫了聲「奶奶」，進客廳看到爺爺又再叫了聲「爺爺」，結果，又被罵了。

「妳怎麼可以不先叫爺爺？」奶奶一手拿著鍋鏟，一手插著腰罵我：「要先叫男人不知道嗎？妳小時候那麼聰明，怎麼越大越笨了呢？」

男生就是要排在前面，這到底是誰規定的呢？

小學的時候，班上的座號排序總是男生在前面，女生在後面，大家都想要的一號只有男生可以爭取，女生就只能期待二十四、二十六這種不知道原因但自己覺得漂亮的數字，也沒有人覺得這有什麼不對。直到升上五年級，班導突然宣布這學期座號「女生先開始」，除了男生大聲抗議「爲什麼」，女生也跟著疑問「爲什麼」。現在想想，不過就只是排個座號，究竟有什麼好問「爲什麼」的？難道女生就該排在男生後面的潛規則，已經深埋進我們的價值觀了嗎？

的確，臺灣的身分證也是如此，光是從身分證號的第一個數字「男生1」「女生2」，就可以看到官方認證的排序是那麼理所當然不可撼動。我曾經在去戶政事務所辦事時，好奇地問工作人員爲什麼？結果工作人員怔了怔，像是從沒想過這個問題，然後沒好氣地跟我說：「總要有人排後面吧！」

看來女生爲什麼就要排在後面這件事，我們既有答案，又沒有答案。也許有人會說，檢討這件事本身就是「女權過剩」，但我們難道連提問的權利也沒有了嗎？

好在隨著日子漸過，奶奶已經接受我這個「被臺灣教育帶壞」的孫女，就算我叫人順序顛倒她也不再責備，我不讓她摸，她也只是咂咂嘴走掉，碎唸著中國的美好。

然而在爺爺因心肌梗塞緊急入院時，我卻再次看見了摸的極致。

本來就有高血壓跟心臟病的爺爺，因急性心肌梗塞跟肺水腫住進醫院，我們看見豪華的單人房，以及躺在病床上意識不清、表情痛苦的爺爺，其實心裡已經有了準備，一直負責爺爺的心臟科醫師也不斷地到病房調整複雜的儀器，希望爺爺能夠舒服一點。

終於在醫護人員幾個小時的努力下，爺爺的痰被抽乾淨、呼吸變得平緩，臉上苦痛的線條逐漸柔和，安穩地睡著了。爲了讓爺爺能好好休息，爸媽跟我都是輕輕地行動、輕輕地說話，圍繞在爺爺的病床邊靜靜地陪伴，想看看爺爺的睡顏也是把雙手背在後面，俯身觀察爺爺的動靜，就連醫生跟護理師偶爾進來，動作也是輕輕的，用氣音滿意地說：「看起來好多了。」然後給了我們一個大拇指。

「砰！」突然一陣巨響嚇得我們全家人跳起來，我爸甚至還脫口罵了一聲髒話。

四姑姑一家人悲壯地衝進病房，用無比響亮的音量大喊：「外公我們來了！」然後就把爺爺的病床團團圍住。

「你們可以小聲一點嗎？」我爸用氣音痛罵：「爸才剛睡著！」

於是四姑姑跟表哥表姐們開始用氣音對爺爺說話，正當我們慶幸他們願意聽話的時候，「外公有沒有發燒？」表姐把手摸上爺爺的額頭。

「呀！好冰！」表姐用氣音尖叫：「一定是被子沒蓋好！」

表姐氣憤地將已經蓋得不能再好的被子掀起來，重新鋪回原樣，過程中她看到爺爺躺太久導致水腫的腳。

「天啊！外公的腳好腫！」表姐再一次用氣音尖叫：「外公我幫你按按喔。」語畢，竟然真的就去床尾開始奮力地按啊捏啊，然後爺爺就醒了，呼吸變得急促。

「爸！你醒了！」四姑姑也不用氣音了，直接原音呈現。表姐聽到便急忙趕到床頭，湊近看著爺爺半睜但無神的雙眼，兩手抓住爺爺的肩膀瘋狂搖起來。

「外公！我們來看你了！我是琳琳啊！」表姐兩隻手在爺爺的肩膀上下撫摸，四姑姑則是握著爺爺的手，一邊來回搓揉一邊落淚。

這時爺爺矇矓的眼角掉下了一行淚，奇蹟般地把沒被四姑姑抓著的另一隻手抬起來，拍了拍表姐。

這下更不得了了。

「外公！外公！外公！」表姐握住爺爺拍她的那隻手嚎哭起來，結果爺爺兩隻手都沒辦法自己動了。

「好……好……」氧氣罩下的爺爺艱難地轉動了頭部，往站在病房角落的我們家方向看過來。

「好乖……」爺爺笑著看著我，我們一家人走到床旁，表姐這才放下緊抓著的爺爺的手後退。

「……我要走了……」爺爺在滿是霧氣的氧氣罩下微笑著：「你們都要好好的啊……」

隨著爺爺的眼睛閉上，氧氣罩變得澄澈無比，我重新看見歲月在爺爺臉上留下的斑與紋，變得那麼地放鬆又柔和。

「爸……」「外公……」病房內一陣哀戚，明明稍早才被醫生比了個大拇指的爺爺，明明還可能再多陪伴我們幾天的爺爺，竟然在愛的摸摸下，被強制迴光返照，離開了我們。

我看著自己的手，在這個家，究竟怎樣才算是愛？

5

拜託賜一個聖筊吧

病了很久的爺爺，算是安祥地在醫生特意安排的單人病房中走了，護理師平靜但熟練地將爺爺推到走廊另一端的安置室，一路上爲了不引起恐慌，爺爺的臉上並沒有蓋上白布，倒是跟在病床後的奶奶及姑姑們痛哭癱軟的模樣，足以讓整條走廊上的人都知道，這張病床上的人已經不會再醒來了。

十分鐘後，醫院合作的法師匆匆地進來，一邊脫下羽絨大衣，露出藏在裡頭已經著裝完整的法袍，一邊從懷中掏出金色的鈴。

「跪！」法師吆喝一聲，所有人圍繞著病床跪了下來，值班的年輕小醫生突然現身，不帶任何情感地宣判了爺爺的死亡時間。緊接著換禮儀人員現身，將寫滿紅色經文的黃色法被蓋在爺爺身上，在這個幾乎全白的空間裡，唯一沒有生氣的爺爺被布置成最鮮豔的一片。然後在法師無視醫院「輕聲細語」告示的嘹亮誦經聲中，全場跪地的子子孫孫也不顧「保持安靜」，輪番哭嚎起來。

我跪在靠近爺爺上半身的床邊，雖然悲傷，卻因從沒看過死去的人，沒能忍住好奇地觀察起法被下的爺爺。

本來應該自然起伏的胸口，徹底不動了，就像小學素描課時擺在桌上的靜物，在孩子充滿個人風格的生澀筆觸下，看似擁有不同的生息，但實際卻逕自始終如一，永遠都只是同一種模樣。原來當人類不再擁有生命，整副軀殼也會是如此死寂。

我低頭看著自己的手，雖試著靜止不動，卻仍會在肌肉收縮、血液循環，以及屏不住的呼吸中，無法控制地顫抖。

這就是生與死的差別啊，我想。

我家位在宛如都市叢林的雙北市中，這個電梯小、公設小、大門窄得如同柳樹枝枒一般的小窩，棺材是怎樣也不可能進得去的。於是離開醫院，爺爺的大體只能先移到殯儀館暫存，再把靈位請到家裡，並且採用比較低調的佛教儀式。

爲了替爺爺招魂、做七，姑姑們和表兄弟姐妹都來了。我爸是家裡的獨子，就習俗上來講，他要負責所有事情，但很遺憾的，他同時是家裡的老么，所以他還得面對來自姐姐們，就是我的姑姑們的各種壓力。

比如說，辦法事前必須透過招魂恭請爺爺回來聽經，師姑請我們從錢包拿出兩枚十元硬幣當作擲筊，跟爺爺溝通。原本應該是我爸率領全部家屬跪在地上，但最後變成我爸的大姐（我的大姑姑）跪在最前面，手裡握著那兩枚從我爸口袋掏出來的兩枚十元硬幣。

師姑帥氣地搖起鈴：「來看爸爸回來了沒，來！」

錢幣擲出去，兩個正面，沒有。

「沒關係，老人家比較慢！」師姑熟練地安慰：「來，再叫爸爸爺爺一次！來！」

「爸，回來了。」「爺爺，回來了。」

兩個反面，沒有。

「現場有沒有人沒到？」師姑：「沒到的話，跟爸爸講一下原因。」

我爸：「……大家都來了。」

師姑愣了一下：「那應該是沒聽到。」

「不然我們這次大聲一點！」師姑用手搖飲料店搖珍奶的方式劇烈搖著鈴。

我們跟著怒吼：「爸，回來了！！」「爺爺，回來了！！」

兩個反面，第三次沒有。

「……好的。」我彷彿看到師姑的腦袋瓜在高速旋轉：「啊！爸爸生前是不是腿腳不方便？」

我爸：「對。」

「那肯定是走比較慢。」師姑安心地點了點頭：「來，再問一次！來！」

「爸，回來了。」「爺爺，回來了。」

兩個正面，第四次沒有。

「……換兒子來好了。」師姑抱歉地輕拍大姑姑的肩：「大姐對不起喔，不是在說妳不好啦！」

多虧師姑這句話，讓所有人瞬間都找到了可以責怪的對象。畢竟爺爺生病後，大姑姑就像是人間蒸發，對自己的親生父母幾乎不聞不問，現在卻搶著扮演一家老大的角色，這種爲人處世大概連活人都難給她聖筊。

但，這眞的是擲不出聖筊的原因嗎？生死之間，陰陽交界，迷信與理智總在互相拉扯，你又會相信哪一邊呢？

完全不具備察言觀色技能的師姑，此時冷不防又再補了一箭：「大姐！妳應該沒有對不起爸爸啦！」

然後師姑親切地向我爸招手：「我們換兒子試試看啦，好不好？」

於是大姑姑尷尬地跪退回女兒陣，換我爸艱難地四肢著地往前走。

師姑：「來，再問一次！」

「爸，回來了。」「爺爺，回來了。」

兩個反面，第五次沒有。

師姑：「……好。」

師姑陷入前所未有的深思，全部人都跪著看她想。

「爸爸現在，」師姑篤定地說：「還在適應健康的腳啦！」

「一定是因爲已經無病無痛了，所以還在適應啦！」師姑補上無病無痛這個理由。

我偷偷看向我爸，他已經六十歲了，膝蓋不好，這才是眞的不健康的腳，尤其他現在滿臉都是「我很痛」的模樣，實在讓人很擔心。於是我強忍膝蓋尖端傳來的陣陣刺痲，打算挺身爬上前拜託師姑不要再想理由，趕快擲一擲結束這回合吧。

沒想到我爸原本合十捧著硬幣的大手霸氣一揮，擋住了我，悲壯地抬頭看向師姑，說：「他坐輪椅。」

嗯？

我爸齜牙咧嘴地說：「他最後都坐輪椅。」

你竟然還幫忙想理由？

那一剎那，我彷彿看到師姑手上的鈴變成一根稻草。

「喔！」師姑握緊手上的稻草，啊是鈴。「那肯定，」

師姑萬分篤定：「肯定還在坐上輪椅！」

「還在坐上輪椅？」我不可置信：「從這個步驟開始?!」

師姑：「好，來！」

師姑：「我們等爸爸慢～慢～坐上去！」

師姑：「再問一次，來！」

「爸，回來了。」「爺爺，回來了。」

不知道擲出兩個正面還是兩個反面，反正看到師姑瞬間凍結的臉就知道，這是第六次沒有。

我爸身子一歪，再也跪不住了，師姑急忙扶住他，法袍的袖子蓋得我爸滿臉都是，然後她笑容滿面地鼓勵大家：「加油！再撐一下！」

我看到我爸在法袍袖子裡掙扎，直到師姑轉頭示意身邊的徒弟，拿個墊子給我爸墊著膝蓋，我爸才從法袍裡抽身，一臉茫然地癱跪在軟墊上，像是鬆了一口氣，又像是不知道自己在哪裡。

師姑拍拍雙眼失焦的我爸，安慰道：「我知道了，因爲你爸爸，屁股現在才剛坐上去。」

屁股？

「這次應該會開始滑過來了。」

妳看得到？

「爸爸會不會自己推輪椅？」

我爸不敢置信地看向師姑。

「不然，」我爸問：「我們還要有人去幫他推嗎？」

表妹從小怕鬼，這下被嚇到了：「外公在這裡？」

我媽急忙安撫：「師姑不是這個意思……」

但師姑實在不具備察言觀色的技能，又一個霸氣揮袖：「再問一次，來！」

「爸，回來了。」「爺爺，回來了。」

隨著硬幣發出清脆一聲落地，跪在前排的人立刻雙手著地，匍匐上前急著看結果，順便用不太標準的伏地挺身姿勢，讓膝蓋懸空休息一下。

完美落地的兩枚正面硬幣引來此起彼落的唉聲嘆氣，我們終究迎來了第七次沒有。

表妹在旁邊嚇到不行，眼神一直鎖定走廊深處，唯恐看見爺爺的身影，所有長輩則跪到表情張牙舞爪、嘶聲連篇。悲傷的情緒似乎已被遺忘。

師姑突然靈光一閃：「我知道了。」

師姑：「一定是腳還沒放上去。」

我爸：「什麼？」

師姑：「輪椅不是有腳踏板嗎？」

我爸：「所以？」

師姑：「腳還在放上去啦！」

「這是什麼樹懶級的速ㄉㄨ……」我話還沒講完，就被我媽一巴掌打到差點再也無法講話。

「什麼樹懶！」我媽急到無意識地重複她不讓我講出的話。「不要亂講話！」

幸好師姑終於開啓了察言觀色的技能，聰慧得體地表現出雖然聽到但努力裝作沒聽到的反應：「大家再問一次，來！」

「爸，回來了。」「爺爺，回來了。」

第八次沒有，這次師姑很果斷地決定換人。

「換孫女好了，」師姑掃了一圈地上的人，最後用比樹懶有神十倍以上的眼睛看著我：「長孫女來！」

我因爲跪太久已經站不起來了，只好「咚」一聲往後坐下，現在就連肉多的屁股撞到地板都是一種解脫。就這樣，我用坐在地板的姿勢，艱難且不太雅觀地把自己蹭到最前面，顫抖地接過錢幣。

師姑眼神回歸溫柔，把手放在我手上，懇切地一握：「來，叫爺爺回家了。」

「爺爺回家了。」

我用力往上拋，目光也隨著那兩枚連續八次不肯一正一反的錢幣往上，看著它們飛離掌心、在空中翻滾、看著它們經過師姑手中的鈴、看著它們經過師姑的臉。

我發現師姑的嘴巴竟然在無聲默唸：「聖筊聖筊聖筊聖筊聖筊……」

「爺爺救救師姑吧！」我在心中跟爺爺說：「她眞的沒哏了。」

錢幣墜地，一正一反。

竟然是聖筊。

你們有看過比家屬更激動的師姑嗎？這裡就有一個。

「喔喔喔喔喔喔喔喔喔喔喔喔喔喔喔！」師姑：「爺爺終於回來啦！」

我手仍懸在半空，師姑狂喜地搖鈴，爸爸終於鬆一口氣地癱躺在地，表妹害怕地抓著我媽狂問爺爺在哪裡，後方的眾姑姑、表哥表姐全部哭吼成一片淚海。

「爸就是偏心！」

「疼孫女！」

「外公只疼跟他同姓的！」

「好不公平嗚嗚嗚嗚……」

我的手仍懸在半空，獨自僵硬在各種情緒的漩渦之中。

我突然覺得自己好像做錯事了，急忙轉頭跟累倒在地上的我爸媽確認。

「我們是在幫爺爺辦後事沒錯吧？」

6 金銀色的雪漫天飛舞

有鑒於頭七招魂擲筊不順，之後每次「做七」，大家都異常地敏感。

所謂做七有兩種說法，一種有點類似韓國漫畫改編電影《與神同行》，亡者會先下地獄，並在以人定有罪的前提之下，接受七關神明的審判，第七個七就是閻羅王，七個七都做完以後，再分別完成百日、對年、三年的儀式，亡者就可圓滿投胎。另一種說法是，相傳人去世後會在陰間使者帶領下，每七天回到陽間一趟，重新審視生前的因果。但事實上，人類多半沒勇氣想像自己或親人死後竟然得先下地獄，因此每七天回陽間看看的傳說漸成主流。

由於家住在號稱臺灣政經心臟的雙北市，為了確保家屬能盡快回公司維持社會經濟運轉，原本繁複的傳統送行儀式，也有了簡化版套餐可選。只要五天就可以做完滿七，而且還可依據家中人丁性別、關係的比例安排做七種類，這種既爲亡者著想，又替生者思考的客製化，讓一天做兩個七成爲可能。

根據家裡的狀況，禮儀師評估只要做到頭七、女兒七、孫女七、滿七（兒子七），其他七就由當天現場守靈的人負責祭拜就好。然而禮儀師不知道的是，因爲這樣的分類方式，後來竟引發了無法挽回的家族悲劇。

女兒七前夕，大家抬著鐵桶，帶上撥火杆到樓下社區廣場燒紙錢，不知是不是之前擲筊事件造成的陰影太深，這一場燒錢儀式變得至關重要，每個人都把這當成左右擲筊方向的救命稻草，於是安頓好鐵桶、燃起火種的瞬間，就像賽跑時起點端的裁判鳴槍一樣，四個姑姑的手指同時開始高速疊起紙錢，她們緊盯著鐵桶的那四對漆黑瞳孔，被火光映照地熱光四射。

電光火石之間，大姑姑拔得頭籌，第一個將紙錢投入鐵桶之中，火勢瞬間大了起來，淹沒了站在鐵桶對面的她們，等到火勢變小，我再次看到姑姑們的身影時，她們已經打起來了。

對，她們丟下手上疊好的紙錢，打起來了。

四姑姑：「妳憑什麼先燒？」

三姑姑：「爸生病的時候，妳根本就沒來看過爸！」

「那又怎樣？我就是這家裡的老大！」大姑姑不甘示弱地回嘴：「在習俗上，我就是那個代表！」

二姑姑：「爸活著的時候不當大姐，爸死了妳才在這邊裝老大？」

二姑姑的女兒：「就是說啊！我媽之前這麼辛苦地照顧外公，應該是我媽帶頭做女兒七！」

聽到晚輩這一嗆，三姑姑瞬間忘記自己是哪一邊的。

「長輩在講話，」三姑姑氣得咬牙切齒：「妳一個晚輩插什麼嘴？」

三姑姑的兒子竟然也加入戰局：「我不說話，你們還當我媽沒兒子啊？」

「有沒有搞錯！」二姑姑的女兒氣急敗壞地說：「幹嘛衝著我媽？我媽才是那個一直在照顧外公外婆的人！」

「才不像大姑姑！」槍口瞬間又回到千夫所指的大姑姑身上。「這個擲不出聖筊的人，我媽憑什麼要站在她的後面！」越來越激動的二姑姑女兒，手不小心揮到了大姑姑的肩膀。

平常就有情緒障礙的大姑姑兒子，這下整個人都不好了。

「妳敢打我媽？」身高一九〇公分的大姑姑兒子，抬起了長長的手：「我要揍死妳！」

「我只是不小心揮到！」二姑姑女兒嚇哭：「我不是故意的！」

「你幹嘛打我女兒！」二姑姑氣得站到女兒身前：「你有種就打我！」

「果然媽媽什麼德性小孩就什麼德性。」四姑姑趁機放火：「怎麼一家子都只會惹事。」

「喂？舅舅，剛剛二姑姑的大女兒打了我媽一巴掌……」大姑姑的媳婦打給正在禮儀公司處理事情的我爸，當場以訛傳訛起來。

「妳打這什麼電話亂講？妳給我放下……」三姑姑衝上去要搶手機。

「啊！啊！三姑姑打我！」大姑姑的媳婦一邊抬起手不讓三姑姑搶手機，一邊往話筒方向哀嚎。

我低頭看向鐵桶，裡頭的火已經燃盡，只剩大姑姑剛才投入的紙錢孤單地在底部一角堆成灰、冒著輕煙，與零星火花虛弱地依偎著，餘溫閃爍。

我再抬頭，看向推擠成一團的姑姑們跟表兄姐們，那些本該燒給爺爺的紙錢在拉扯中漫天飛舞，在子孫的怒火中下起了金銀色的雪，一張撫過三姑扭曲的臉頰、一張卡在四姑姑的髮梢、幾張被夾在身材偏胖的三姑姑兒子的肚肉間、一張黏在滿臉是淚的二姑姑女兒頰上、一張被大姑姑兒子的手揮落，又被二姑姑踩在腳下，這一家的老大大姑姑則是雙手交叉，冷漠地站在一旁，偶爾不耐地伸手揮掉飄在她眼前的紙錢。

這時，社區裡一間間燈火此起彼落地亮了，我開始聽到不少窗戶與紗窗一起拉開的聲音。

「你們不要吵了！」當時已經二十三歲的我靈光一閃，想到了這些人喜歡用「要摸又要叫」來表達愛的習慣。

「爺爺在看著……」我一屁股坐在地上，四肢像個嬰兒般要賴揮動、放聲大哭起來。「哇！哇！爺爺！哇！一定……很難過……嗚嗚嗚嗚……」

頓時間，姑姑們跟表兄姐們全部停止動作，不知所措地看向我。

「哇啊啊啊啊啊……」我一邊放聲痛哭，一邊用眼神引導他們，看向變得燈火通明且戶戶門窗大開的社區大樓。

他們瞬間就掌握了情況。

每個人都放下所有恩怨，衝到我的身旁圍起來，一個人摸著我的頭、一個人揉著我的肩、一個人溫柔地捧著我的臉擦淚、一個人看沒位置了，只好從背後抱著我。

「乖、乖，別哭了，是我們不好。」

「妳說得對，爸在看著我們。」

「結果是家裡最小的在想著爺爺。」

「難怪只有妳擲得出聖筊……」

然後他們就在衆目睽睽之下，適切地哭成一團。

任務達成的我，悄悄鑽出他們的表演陣，默默收拾散落一地的紙錢，交給一直在一旁叉手看戲的大姑姑後，轉身走進大樓，按下往上的按鈕。走進電梯前，我回頭看了一眼社區廣場，鐵桶裡的火已經再度燃起，漫天飛舞地變成了紙灰，爺爺終於又能領錢了。

半小時後，我爸從禮儀公司回來，臉色鐵青地把剛剛闖禍的表哥表姐們全部抓進房間。我把耳朵貼在房門上偷聽，本以爲他會大發雷霆，沒想到卻是一頓痛心疾首的溫情喊話。

「你們明明都是外公帶大的小孩。」我爸難過地說：「怎麼送外公最後一程的時候，偏偏要惹事？」

「我們是想送外公最後一程啊！」表姐哭訴：「可是，哪輪得到我們。」

「對啊！」三表哥也忍不住了：「從外公過世那一天，走在前面的只能是你們姓王的。」

「而且還是女生走在前面。」大表哥也忿忿不平地抗議，他口中的那個女生就是我，因爲我是爺爺唯一的直系長孫女。

「舅舅，我知道你沒兒子。」大表哥竟然肆無忌憚地繼續說：「但外公好歹也是曾經爲國家服務的警察，怎麼可以讓女生捧靈位？」

「我們跟外公更親欸！」二表哥也跟著說，完全忘記剛剛在樓下打起來的事。「而且舅舅你有看到嗎？每次師姑找人捧靈位撐傘啊，發現只有長孫女……都會先問只有女的嗎？」

「如果習俗上是這麼勉強的事，我們來就好了啊！」大表哥說：「而且我還是最大的外孫。」

「都是因爲我們都不姓王……就沒資格有機會好好送外公……」也是女

生的表姐哭了起來。

「你們那麼愛捧遺照捧靈位，」就算隔著門板，我也聽得出來我爸的失望。「那從今天開始，你們就輪流捧！我來指揮！」

「什麼姓王不姓王、男不男女不女的……大家都是一家人。」我聽到我爸站起身，腳步聲逐漸靠近門口：「你們愛得好虛偽。」

我在爸爸開門前溜回客廳靈堂前，假裝整理供桌上的香灰，我知道爸不想讓我們看見他哭紅的眼，畢竟這些表哥表姐小時候，都是他疼大的。

那天之後，只要儀式中有需要移靈、招魂、撐傘、捧遺，還是帶頭擲筊，我爸就會直接跳出來，指定表哥表姐出來分別執行一項，時間到了還會換人，簡直就像上體育課一樣輪流出列。而當師姑依照習俗喊著直系血親時，我只能在最後一排應聲，尷尬的氣氛溢於言表，但我爸依舊堅持著要這樣做。

隨著做七進入尾聲，我們家族之間的連結越來越飄搖，隨著爺爺的棺木被推進火葬間，家族情感也終於徹底灰飛煙滅，從此不相往來。

過了幾年，可能因爲年紀到了，身邊的朋友也開始經歷與親人告別的時刻，類似的經歷也在不同的家庭陸續發生。聚會時不約而同閒聊起，怎麼家人辦完葬禮就反目。

「做七簡直比過年還可怕。」朋友A說：「過年有紅包領還不好意思吵架，辦後事沒遺產分就準備徹底決裂。」

「我家也是！」朋友B興奮地放下手中的咖啡，舉手發言：「眞的超現實的，爲了錢連血緣都可以不要。」

她們兩個看向我：「妳們家咧？妳爺爺不是前年走了？」

「對啊，」我喝了一口拿鐵，看著被我一口破壞掉的拉花：「我們家也是，辦完爺爺的後事之後就沒往來了。」

「也是因爲遺產嗎？」朋友們天眞地問。

「不是。」我把湯匙放進拿鐵裡，用力把殘破不堪的拉花攪拌殆盡：「我們家是因爲紙錢跟女生決裂的。」

「紙錢跟女生？」朋友A鸚鵡般地重複了一次。

「就是燒給爺爺去陰間用的錢啊。」我拿出湯匙，如釋重負地啜飲著不用再介意拉花形狀的拿鐵：「就因爲燒紙錢的順序喬不攏，大家就吵到分道揚鑣了。」

「那女生是怎麼回事？」朋友B好奇地追問。

「雖然現代社會大家都講兩性平權，但在習俗裡，女生還是次等的啊，」我低頭，看著已經徹底融成一片的半杯拿鐵：「只因爲爺爺的靈位是我捧著，在家裡就成了罪不可赦的罪人。」

畢竟在很久很久以前，在那個衛生棉還沒被發明的時代，因爲無法隨時隨地乾爽吸收不停剝落的子宮內膜，那些帶著腥臭味的經血，讓女性妥妥地站穩了不潔的地位，並融合進許多傳統習俗中。儘管臺灣社會對宗教信仰自由相對開明，但遇到習俗時卻又還是那麼地保守，即使在現在的社會氛圍下，女生正逢月事也能祭祖、守靈，但在這些儀式中，依然處處彰顯了男女的差異。

仔細回想，每次認識新朋友時，不外乎會先問年齡啊、哪裡人、職業啊，然後再從其中尋找自己認知裡的共識去開啓話題，這種習慣先從各種不可抗力因素把同類分類的人類，也許不管世界如何進步，都還是逃不出凡事分類的框架吧。

7 雨中的菜包

凌晨三點，床邊的牆壁傳來一聲聲「嗡嗡」「嗡嗡」的聲音，那是從我媽房間木製床頭櫃產生共鳴，再由木櫃緊貼著的牆壁傳來的手機震動聲。

「每次都這樣。」我翻了身，怨了一下家裡的隔音，閉上眼睛正想繼續睡，卻猛然睜開眼。

凌晨三點的手機震動聲？誰會在這個時候打電話過來？

隱約一頓踉蹌的腳步聲雜亂響起，惱人的震動聲嘎然而止，取而代之的是我媽的痛哭聲，穿過門板、穿過牆、迴盪在走廊，這一次我感受到的是心痛的共鳴。我的頭還在枕頭上，心跳卻莫名加快，快到在我貼著枕頭的耳膜上，鼓動出漸強的「咚咚、咚咚」聲，一個哆嗦坐起身來，耳邊的心跳聲嘎然而止，只有胸口劇烈的起伏，這不是夢，我知道，是外婆離開我們了，幾個小時前在病床邊的探望，變成了最後一面。

醫院裡護士積極的語氣、外婆突然清醒的睜眼反應，明明都讓我們以為沒事了，會像往常一樣好起來的。儘管外婆已經排出粉紅尿，四肢也已經水腫到按下不再彈起，我們仍然認為沒事的，會像往常一樣好起來的，輕鬆地笑著從桃園回到臺北，一個個洗澡入睡。

沒想到幾個小時後，我們又都回到了車上，再次從臺北開回桃園，窗外的天光漸漸亮起，帶著橘色金光的太陽彷彿祝賀著北半球的人們，再度平安迎接人生中嶄新的一天。沉默的車子駛過人聲湧現的城市，平常總是堅強開朗、不露一絲弱點的媽媽突然哭得像個孩子，一聲聲力竭的悲嚎、喘不上氣的陣陣哭嗝，悲傷在小小的車內肆意流淌，讓我們不禁都回到了那個曾經可以放聲痛哭的年紀。

「我眞的好後悔……」

「我那時爲什麼不下車？」

媽媽哭得鼻涕眼淚橫流，甚至講話都有水聲。

「我到現在都還記得，」

「小學畢業旅行那天，雨眞的下得好大，」

「因爲我是班長，我是全校第一名，我就以爲自己是風雲人物，我就開始害怕別人發現我們家很窮。我媽做菜超難吃，可是爲了養我們，她還是每天晚睡早起，做菜包拿去市場賣。」

「那個菜包眞的超難吃！」

「她推著看起來快散掉的推車去市場賣，推車上綁著的傘打開還有破洞，下雨時開了跟沒開一樣，但我媽還是捨不得拆掉，看上去好窮酸，所以我每次看到她，就躲得遠遠的。」

「只因爲同學的爸爸媽媽，都叫他們要向我看齊。」

「我小學畢業旅行那天，雨眞的下得好大。」

「大家都上了車，我也是，但是從被水花打濕的遊覽車窗，我竟然看見了那再熟悉不過的窮酸身影，還有那臺快散掉的推車！」

「我媽甚至連傘都沒打開，一直拚命地舉起菜包揮著、喊著我的名字。」

「她要給我菜包，那個超難吃的菜包，要給我帶去畢業旅行的路上吃。」

「我那時竟然覺得這樣的媽媽很丟臉。」

「我假裝沒有看到她、假裝沒看到濕透的媽媽，反而轉過身跟同學大聲地聊天，轉移他們的注意力，就怕他們看向窗外……」

「我怕他們看見我媽窮酸的樣子。」

「遊覽車開了，我看見我媽還跟在車子後面追，這明明是一件很危險的事。」

「我卻還在生氣她讓我丟臉……」

媽媽哭到打嗝，聲音沙啞了起來。

「我現在……」

她雙手扶著額頭，掀起的瀏海下是剛長出的白髮。

「我現在，眞的好想吃那個菜包。」

媽媽放聲痛哭，在她懊悔的哭聲中，車窗外的天色已經完全亮了，傳統市場的攤販紛紛開張擺攤，新世代搭起從上個世代傳承下來的棚子，繼續著日復一日的日常。然而在被淚水模糊的視線中，我們彷彿都看見了推著破舊推車、全身濕透仍笑著揮舞手中菜包的外婆。曾經，外婆也在這個市場中，一塊錢一塊錢地攢，把四個小孩拉拔長大。

我們總是忙著豐盈自己的年華與人生，並習慣用才剛起步沒多久，握有無限可能的奢侈人生長河，理所當然地拒絕逐漸走向各自時區終點的長輩們。

「下次再說好了！」

「改天再來看你喔！」

「再找時間過來！」

「把握當下」四個字，我們似乎總是吝於用在心愛的人身上，直到失去以後才在後悔與悲傷以及各種追憶裡，真正了解一個人的一生。

我其實跟外婆一點都不熟，每年大概只有農曆初二才會跟外婆見面。她說客家話，我說國語，我們總是聽不懂彼此在說什麼，這時我媽唯一教我的客家話「湯姆森」就能派上用場，也就是聽不懂的意思，外婆只要聽到這句就會大笑，然後開始配合著我們講起彆扭的國語。

對我來說，外婆只是媽媽的媽媽，我對外婆的情感大多延伸自媽媽，而看著因外婆死訊痛苦不已的媽媽，我預見的卻是幾十年後的我們，鼻頭突然一陣酸。

外婆真的離開了，送回家時身上還穿著醫院的病服，我們站在外婆遺體旁發怔，少了爬滿身體的管線，外婆看起來年輕好多。一旁的禮儀社人員已經面無表情地架好靈堂，裊裊升起的香煙蔓延開來，已經不年輕的父母與舅舅，一個個哭著在靈堂前跪下，在繚繞的煙霧及陣陣沙啞的哭聲中，他們蜷縮在地上的背影，看起來就像是一群孩子，哭著懇求著回到曾經嗷嗷待哺的時光，任性地期待媽媽再次醒來，再次成爲他們的依靠。

總說愛要及時，但不管再及時，只要我們仍被光陰支配，後悔的事情就會不斷累積，而這些後悔終將成爲一種思念，在一聲聲自責中幻化成美好的光輝，昇華爲往生者留下的愛。

那顆難吃的菜包就這樣從媽媽的回憶中被召喚出來，穿越了四十年的光陰，來到沒能參與的我們的記憶裡。也許那些曾經感到後悔的事、那些我們以爲辜負掉的愛情，都是一種預支，預支的是一口帶著遺憾的味道，好讓未來的我們能在這樣的初嘗中，成爲更好的人吧。

8 黑道的葬禮

原本每週三擺夜市的廣場，這天竟停滿了五顏六色的花車，每輛花車還像在尬場一樣，分別播放著不同的電子音樂。而搭在花車上的神明則隨著「咚次咚次」的節奏，動感地發射出各色雷射光，甚至有些還會飛起來旋轉。路過的小朋友一手拿著棒棒糖，一手指向正在蓮花座上上下下的粉紅色炫光觀世音菩薩，天眞爛漫地說：「哇！是遊樂場！」身旁看似爸爸的男人急忙打掉小朋友的手，再把小朋友一把扛到肩上，神色緊張地刻意放聲罵：「死囝仔！人家家裡在辦喪事你在亂說什麼！說什麼！」邊說邊打著小朋友的屁股，腳步慌亂地跑掉了。我從黑衣人陣中走出，正好看見掛在那位爸爸肩上痛哭的小朋友，手上的棒棒糖在被處罰的途中掉在地上，完整的圓形碎成三塊，其中一塊碎成一地糖粉，在花車的霓虹燈照耀下閃著七彩的光，我彎下腰正準備伸手撿。

「小姐！這種事不用妳來做！」一隻刺滿中國龍的手臂以迅雷不及掩耳的速度，搶在我之前撿起了那根棒棒糖，同時另一隻刺著浴火重生鳳凰的手，迅速乖巧地撿起其他碎糖塊。我抬頭看向龍鳳手臂的主人，那張稚氣未脫的臉上掛著得意的笑，咧開的嘴裡滿是檳榔汁，而他的身後，站了三十幾個有著同樣大面積刺青、嘴巴鮮紅的黑衣人。

「小姐，師父說要準備唸下一輪經了。」其中一個黑衣人撥開人群朝著我喊，手裡揮著我的孝服，下一秒，這片黑壓壓就開出一條方向明確的路來，我已經能看見外婆的遺照，在萬朵日本花插出的靈堂上微笑。

「知道了。」我應了聲，沿著這條路盡頭走去，而這條人工開出的小徑隨著我走過的步伐逐漸合起，再度形成了一堵黑壓壓的牆，將歡騰的幾十輛花車擋在外頭，以及周圍那幾個拿著ＤＶ邊錄影邊巡守的警察。

我的外婆過世了，她的小兒子、我的小舅舅是在地的角頭老大，這場爲期兩個禮拜的道別之旅中，我的角色瞬間從平凡上班族變成所謂的「黑道千金」「老大的家人」，而整群素未謀面的黑衣人，一夕之間突然都變得像我的拜把兄弟。來自各地黑勢力送來的花車跟陣頭，更是讓一向勤儉樸素的外婆，在身後變得華麗無比，每一天每一天，我都會有那麼幾秒鐘陷入深深的疑問：「我們眞的在辦後事嗎？」

記憶中，每年只有農曆初二才會回去外婆家，每次最多只會待一個小時。看著車窗外的景色從高樓大廈逐漸轉爲低矮樓房，再從低矮樓房轉爲映著天色的休耕水田，那棟佇在田邊的三層樓透天厝便會現身。嬌小的外婆穿著領口早已損破不堪的衣衫跟碎花農褲，揹著雙手、套上拖鞋，一跛一跛地走出門外，朝我們招著手。

跟著外婆走進昏暗的大廳，前年還在巨大水缸裡游著的熱帶魚已經不知哪裡去了，只剩水草跟石頭隨著打氣機的泡泡在缸裡晃動；衝到我們腳邊晃悠的米格魯也變成扁臉黃貓，一臉戒備地提防著我們；廚房後連結田地的小空間裡原本有幾隻雞的，這回卻傳出一聲綿長又世故的「咩」，打開門一看，一隻長著鬍子的山羊抬起頭若有所思地看著我，鬍子後的嘴咀嚼著水桶裡的草。

偌大的屋子裡，陪伴外婆的似乎只有每年變化的動物們，至於三層樓這麼多個房裡究竟還住了誰，我們從來不知曉。只有某兩年，一樓的房間裡曾走出過一個體格壯碩、理著平頭、掛著金項鍊的刺青男，他一看見我就塞了個紅包，媽媽悄悄地把我拉到身後，提醒我叫人，說是「小舅」。

直到外婆過世以後，我才知道小舅不在的那些年都在監獄裡服刑，不只是服他自己的，還有替人扛的。而這些刑事紀錄跟累下的江湖人情債，替小舅贏得一片自己的江山，不斷壯大的幫派勢力讓他出獄後便站穩了腳跟，走到哪身邊都是一票身著黑色衣服、腰間繫著金色大logo皮帶的人跟著。

外婆過世的消息一傳出去，那些只在社會新聞上看過的面孔都來了，開口閉口聊的都是「在裡面的時候」的故事。家門口搭起二十四小時辦桌，一旁三個橘色大垃圾桶裡，啤酒跟沙士在冰塊漸溶的冰水裡漂浮，拿起來要是沒先擦乾，入口時喝到的第一口會是生水。每張紅色圓桌上都放有拆開包裝的檳榔跟香菸，一顆顆一根根整齊地排著，旁邊還有一整碗的打火機，不論哪一個品項快見底，都有黑衣人趕緊補貨。圍著桌子坐下夾菜吃的是組織老大，親信坐在周圍，目光朝外警醒地觀察四周，站著的都是小弟，依照身分高低而有距離老大遠近的嚴謹排次。每當有新的幫派前來弔唁，最外層的小弟便會站直身子鞠躬迎接、內層站著的小弟則是點頭致意，最後，坐著的親信跟老大才會如波浪般先後站起。當兩方老大終於在人海中握住彼此的手，周圍的黑衣群才終於放下原本朝對方怒目而視的表情。

這些就是黑社會的日常嗎？我坐在奠禮桌旁看著眼前電影般的場景，而這個場景裡沒有一個女生。這些男人們口中的「七辣」不是在屋裡忙著煮飯，就是在我身邊收禮、疊蓮花，我隨手翻了一下奠禮簿，上面寫的不只是金額，還有花車、陣頭、花圈、罐頭塔、紙紮屋……

「第一次看到吧？」一個叫十三妹的女孩看著我，嘴角還有點檳榔紅。

「呃……對。」我尷尬地闔上奠禮簿，我敢肯定眼前這個姐味十足的十三妹年紀一定比我小，但她看起來是那麼地洞悉紅塵，張羅著裡外的大小事，還懂得依照來人與我小舅的關係，使出不一樣的接待方式應對。每回來賓離去後，她也會熱情地跟我分享剛剛來的人是哪裡的幫派，甚至有幾個是「殺過人剛出來」。

一個看起來只有國中年紀的男孩端著熱茶跑了過來：「小姐，請用茶。」還在變聲的嗓音證實了我的猜測，堂皇地接下杯子，裊裊熱霧升起。

「我剛剛泡好的。」男孩笑著說：「喝完還要的話請不要客氣喔！」

「這些男生，應該都還未成年吧！」我沒能忍住好奇發問，十三妹聳了聳肩說：「這還不是最小的，有的小學沒畢業就加入了。」

「但妳小舅人很好，只要是兄弟他都會照顧，所以大家都肯跟著他。」

十三妹抽起桌上排的一根香菸，刷了兩下打火機點火，這時她四歲的小女兒從屋裡跑出來，拿著折蓮花用的紙說，想折給熊娃娃的衣服。

「妳不要鬧了！這是折給阿婆的，只可以折蓮花！」被十三妹斥責的小女兒嘟著嘴，跳著小碎步到小舅那一桌討拍，小小的手放下了蓮花紙，改拿起打火機幫桌邊的老大們點菸。

「還好我生的是女兒，可以這樣撒嬌。」十三妹望著女兒被衆老大摸頭說好乖的小小背影，手裡的菸已燃去了一半，菸灰掉得滿桌都是，她急忙把菸叼進嘴裡，拍了拍桌面：「我那時知道自己懷孕，眞的好怕是男的，甚至還想過要墮胎。」

她望向那個專心泡茶的男孩，男孩似乎因爲剛剛端茶給我感到很開心，現在正非常專心地顧著水壺下的火。「如果我生的是兒子，開始懂事就得被使喚來使喚去了，大哥說要打誰就要去打，要殺誰就要去殺，沒有選擇。」

「一定要這樣嗎？」才剛剛被四歲兒童會用打火機這件事震懾的我，又被這番眞情告白給嚇到：「如果生了兒子，就只能這樣嗎？」

「這就是我們的生活。」十三妹叼著菸，拿起筆開始記帳，紋著眼線的雙眼在吞吐的煙霧中，矇朧得不那麼世故。「不過妳應該也不想跟我們多說什麼吧！妳爸媽一定不希望妳跟我們有什麼關聯。」

看著我因被說中而變得窘促的表情，十三妹笑了，把臉背過我吐出最後一口菸，手指熟練地將菸頭捻熄在粉紅色的菸灰缸裡，「放心，妳的世界等葬禮結束就會變正常了。」

粉紅色的菸灰缸裡，十三妹只來得及吸上三口的菸倒插在灰燼中，橘色火光漸滅。曾是六合彩組頭的她，牽起黑道的手進入婚姻與家庭，她口中那些我們陌生的地下生活，卻是實實在在的日常，而且就近在身邊，只是因爲刻意地不互相理解，成了兩個世界。

外婆的靈堂設在家中一樓客廳，大體冰櫃就放在靈堂旁邊，冰櫃對面是一整排閃著LED燈的威士忌酒櫃，聽說是殯葬界最新流行的奠禮，外婆的遺照在螢光色的LED燈下折射出彩虹一樣絢麗的光芒，而在這片絢爛之中，媽媽跟小舅正在因爲告別式當天要用的照片爭吵。

「不能就用原來的照片嗎？」我媽沒好氣地說，手機螢幕上外婆頭戴斗笠，穿著灰色上衣、黑色七分褲坐在田裡，朝著鏡頭微笑的樸素照片，正隨著媽媽激動的手勢晃來晃去。

「媽媽這樣穿太隨便了，他們說會幫我們換成這樣的……」小舅手裡的iPad螢幕亮了起來，外婆的頭被移花接木到一個穿著紫色洋裝的身體上，背景的田地被換成一張古董紅木椅，看起來雍容華貴。

「我才不要媽媽的頭接在別人的身體上！」我媽激動地關掉小舅的iPad：「我想要好好送媽媽走，送最眞實的媽媽……」

外婆從小就很辛苦，身爲十四個孩子中的老大，沒能好好讀書，很早就出社會工作，替滿屋子弟妹賺奶粉錢跟學費。結婚、生子後，又繼續爲了丈夫跟孩子到處接零工討生活，弓成畸形的腳背、歪斜隆起的背骨都是做粗活時受的傷，但外婆始終無怨無悔，只要吃苦吃虧能替家人換來好生活，她甘之如飴。外婆一生儉樸，沒有一天爲自己活過，沒有享過一天福，然而後事卻在小兒子召來的各方勢力簇擁下變得豪華風光，甚至已經有點失控了。

「你想要媽媽走得風風光光我知道，你可以盡情鋪張沒關係。」我媽哽咽起來：「但合成照片我不能接受，這個樣子不是我們的媽媽。」

看著靈堂上被LED燈照耀得燦爛無比的外婆遺照，這場後事恐怕是她一中最華麗的時刻，但她卻無法親自經歷這一切，除非另一個世界眞的存在。

「不好意思，我們要幫媽媽換衣服了喔！」禮儀小姐手裡拿著疊得整整齊齊的衣服走進來，看見小舅一臉凶狠時瑟縮了一下。

「換衣服？」小舅皺著眉頭，問出驚人之語：「我們可以看嗎？」

「什麼？」禮儀小姐嚇得手一抖，衣服差點掉到地上：「呃……可是我們要幫媽媽穿九層衣服，等等會脫巜ㄨ……我是說等等會先把媽媽身上所有衣服全部換下來，再重新穿上九層衣服。」禮儀小姐及時煞車，盡力修飾詞彙，委婉地解釋即將進行的工作。

「我們不能看嗎？」小舅眼眶突然泛起淚水。

「也不是不可以……但真的要看也只有女生能過來看。」禮儀小姐不敢直接拒絕小舅，只能隱晦地暗示。「而且因為要一次穿上九層衣服，動作會有一點大。」禮儀小姐頓了一頓，顯然是擔心女性家屬真的去看：「媽媽的遺體剛退冰有點僵硬……我不確定你們看了能不能承受得住。」

大家腦海中瞬間都有了畫面，除了小舅。

「為什麼男生不能看！」小舅生氣了。

「因為媽媽等一下會被脫光光。」我媽也生氣了，直接講出禮儀小姐不敢講出來的話：「你這時候要看媽的裸體做什麼啦！」

記得外婆遺體被送回家的第二天，禮儀小姐來幫外婆化妝，往她已經沒有生息的臉上，蓋上厚厚一層據說能讓「氣色比較好」的深粉色蜜粉，只是微微透出的灰青色肌膚讓粉色變得混濁，外婆也漸漸變得不像外婆。禮儀小姐爲了安撫生者情緒用心地一筆一畫，卻把外婆越畫越陌生，畢竟外婆生前從不化妝。眼前這副軀殼現今已成了悼念的唯一憑藉，任由生者傾瀉心中的遺憾與思念，在燒盡前的每一刻都格外珍貴，也許就是因爲這樣，小舅才會對外婆的遺體產生了執念吧。

當然最後沒有一個人敢去看外婆換衣服，只是在另一個房間裡靜靜地，聽著從冰櫃中滴滴答答流下的水聲，淹得整個客廳都是。

建立在重男輕女觀念上的喪葬習俗，法事由兒子站最前面、靈位由兒子負責捧、凡事都以兒子作主的過程都是常態，但有一個儀式卻只有女生可以做，而且要女兒跟孫女負責做，那就是「幫亡者淨身」，只因外婆是留了半輩子經血的女性，不能帶著不潔的身子去見佛祖。

當然這個淨身只是一個象徵性的動作，簡單來說就是拿一張毯子在外婆遺體上方、周圍掃過，並不是眞的要去清洗什麼，事實上流過經血這件事也無法清洗，除非這個女性生來就沒有子宮。

聽到這個環節的當下，我的內心非常抗拒，因爲這本身就是件矛盾的事。一個堅強完成數次疼痛的生產過程，並奉獻所有養兒育女的女性，如果不洗去讓她擁有生育能力的經血，難道到了人生的最後，還要爲這些生前的付出「再次付出」無法往生極樂世界的代價嗎？難道悲天憫人的神明眞的會因爲女人天生帶有經血而不接納她嗎？難道出生就注定有經血是女人的原罪嗎？難道步向兩性平權的社會，還要繼續容許這早與世界脫節的不平等習俗嗎？

當時剛好我正逢生理期，照師父口中習俗的邏輯，我根本正在「不潔」，於是舉手發問，這樣我幫外婆淨身還有效嗎？

「當然可以！」師父一秒都沒猶豫：「那都只是迷信而已，不然亡者膝下都是女生，還通通月事來怎麼辦？」
「那爲什麼還要淨身？這不就表示月經根本不髒？」
「習俗而已。」師父一邊說，一邊遞上等等要給外婆淨身用的道具：「以前的女生又沒有衛生棉。」我看著師父，手不自覺地碰了碰褲子後面口袋裡那片等等要換的衛生棉。
於是我一邊流著血，一邊替外婆淨身，讓她可以去到那個「衆生平等」的西方極樂世界。

小舅身邊有幾個固定會跟著的親信，他們的共通點就是穿著扣子開兩顆的白襯衫搭配有點反光材質的黑西裝，腰間戴著無比巨大的金色或銀色logo皮帶環，手上一圈圈鑲著圓潤綠玉和藍紅寶石的金色戒指，各種寶氣在指間自成一座高高低低的山線，握起拳來就是一排手指虎，而他們絲毫不介意見血。

其中又以皮帶環上鑲滿碎鑽的皮帶哥看起來地位特別高，而且好像跟小舅感情最深，每當我們兩週內不知第幾次拜別外婆時，他都是哭最大聲的那個，哭到小舅從一開始反過來安慰他別哭，到後來直接拿毛巾扔他叫他安靜一點，但皮帶哥完全不在意，仍然像行星般忠誠地圍繞著小舅這顆太陽打轉。這在我們這些外人眼裡，只覺得這人太過浮誇不可信，直到有一天我們不得不搭著他的BMW移動。

記得那天，他是那麼難掩雀躍地幫我們一個個把車門打開，請進車，再關上車門，坐進駕駛座第一件事也不是繫安全帶，而是逐一打電話給通訊錄上的所有人，說他負責載大哥的姐姐一家回去。隨著他越來越高昂的語氣，我的脊椎也跟椅背貼得越緊，爲了阻止他繼續在未繫安全帶的情況下邊超速邊打電話，我爸鼓起勇氣跟皮帶哥搭話。

「剛剛接電話的是你兒子喔？」爸爸一邊問，手一邊悄悄緊握著座位上方的手把。

「欸……是啦，但他叫我叔叔。」皮帶哥一邊回答，一邊不打方向燈在雙黃線切換車道超車，我彷彿聽見自己脊椎被擺正的聲音。

「他是在我進去的時候出生的，他媽不讓他叫我爸，有個殺過人的爸爸有什麼好的。」皮帶哥穩定地超速著，我從我爸手上爬滿的青筋知道，他後悔自己問了一個敏感的話題。

「那你們爲什麼要叫○○幫啊？」我媽機警地轉移話題，就像皮帶哥在車陣中把BMW當成機車穿梭一樣勉強但意外可行。

「哈哈哈哈哈！」皮帶哥笑了，油門直接催下去，窗外的風景開始像抹在吐司上的奶油般滑順地糊成一片：「我們本來才不是幫派咧！」

「是警察幫我們取名叫○○幫的，只是因爲我們常常在○○附近玩。」皮帶哥整個人轉過來看著後座的我媽：「我們本來只是不愛讀書，喜歡翹課抽點菸而已，結果竟然被變成幫派，就覺得那乾脆幹大票一點，結果就是輪流進去蹲啊。」

我媽瘋狂示意皮帶哥看前面，皮帶哥也只是應付一下稍微轉過頭去，沒多久又把頭轉回來看著我跟我媽尋求共鳴：「大姐妳應該知道的啊，妳有去臺東看過老大嘛，那時他是替A幫那個大哥去蹲的啊！他昨天有來啊妳有看到嗎？簽了好幾個陣頭給妳媽欸。」

「但我們已經過了那個年紀了啦，因爲現在的小朋友太可怕了，會吸毒欸吸毒，這麼不好的東西。」皮帶哥終於把頭轉回前面，搖搖頭開始減速：「毒品眞可怕，爲了幾包粉就背叛自己人的小朋友好多，已經沒有我們當年的情與義。」

「爲了不讓毒品氾濫啊，我們這一代當然要做好榜樣，先鎭住他們才行，所以才開始做一些慈善事業。」突然喚醒的責任感讓他鬆開油門、踩住煞車，車子終於回歸正常速度，我爸鬆了一口氣，放下緊抓把手的手。

「你跟我媽媽很熟嗎？這幾天看你哭得很傷心……」我媽又沒忍住好奇發問，我爸再次緊張地抓住把手。

「喔，老大進去那幾年，媽媽都是我照顧的啊！」皮帶哥語氣突然溫柔起來，跟剛剛打電話到處炫耀載我們的語氣完全不同。

「而且妳媽媽也很好，都不會把我們當壞人，就算看到我們被打得全身是傷在流血也不會多說什麼，眼神也沒有變……只會問我們吃飯沒，然後幫我們熱一桌菜，最後還會提醒我們，明天要再來吃。」

「看到妳媽媽，我們心裡的防備都消失了，也不會覺得幫派就一定要做壞事，很神奇，我們就像一個正常的人。」皮帶哥語氣逐漸濕潤：「雖然她不是我的媽媽，可是我真的很想她……」

原來皮帶哥生命中的太陽不是小舅，而是外婆那始終不帶任何標籤、一味為他人著想的眼神與心腸。

隨著車速漸緩，車窗風景逐漸清晰，路邊的黑衣人越來越多，或蹲或三七步站著，嘴裡不是嚼著檳榔就是叼著香菸，這些在社會眼光中已蒙上一層與衣服一般黑的孩子，卻是皮帶哥與小舅眼中的未來與責任，只是這個世界上，究竟還能有多少像外婆一樣，徹底放下成見的人呢？

告別式當天，代表全臺黑勢力送來的陣頭輪番上陣，在舞大旗、跳大神、軟骨功特技、白色舞龍舞獅飛天遁地中哭著喪；前一晚發射出七彩雷射光的花車，也隨著二十幾輛賓士繞進市區遊行；會場內的動線用上百支透明走道燈框了起來，裡頭還有好多紅金魚游著，我穿著孝服彎下腰，驚詫不已地看著被氣泡沖到快暈過去的紅金魚。皮帶哥說，因爲魚只有七秒的記憶，放魚進去是希望我們能忘記不幸的事，只記得彼此的好。

「這是最新款的布置喔！」皮帶哥也彎下腰凝視著氣泡走道燈，他的臉被圓柱水波投射變了形，頰上的疤顯得更嚇人：「我們這次都要給妳外婆最好的。」

我直起身，眼前黑壓壓一片，來自各地的角頭分別帶著手下齊聚在此，準備排隊參加公祭。

「我們的人今天都穿白色。」十三妹走過來提醒我：「其他就是別幫的，今天會來兩千多人左右。」

「兩千多人？」我呆住，看著眼前好幾十團黑色，分別以老大為龍頭移動，只要最前頭的老大往前一步，後面整團黑就會往前一步；老大往右兩步，整團黑也會趕緊往右兩步，雖然傳遞步伐的時間差造成微微的波浪，但還算是整齊劃一，而且為了避免衝突，幾方人馬在移動時都會巧妙地與他團保持適當距離，以免擦槍走火。看著這神奇的走位，我感覺自己只要稍一恍神，就會將這一切誤認成大型貪食蛇遊戲。

這大概是我參加過最漫長的公祭，每一組黑色人馬都以「企業」「當鋪」的名義，一群一群地進來捻香示意。有些服裝很講究，從西裝到鞋子全部統一；有些帶來的手下幾乎都還是孩子，不太會鞠躬；有些舉著牌子進場，簡直像在參加運動會；其中還有一組是滿臉狠勁的女頭目，帶著整團看起來更凶狠的男部下氣勢磅礡地走進來，據說是某市知名女角頭。而他們的共通點是，當司儀唸到他們組織的名字時，所有人散發出的驕傲感強烈到彷佛肉眼可見，他們之間情義交織出的凝聚力，是附近銀行、警局或商鋪隊伍入場時所沒有的氣勢。

我在不知第幾次彎腰答禮時，因爲腰痛到無法馬上直起而稍微閃神，瞥見立在千朵花海中間的外婆笑得無邪單純，從不出門的她絕不可能認識這兩千多個面孔，而這之中，又有多少是眞的抱著送外婆的心而來的呢？

隨著腰越來越痛，我的想法也開始偏激，是啊，這就是一場辦給生者的後事，爲了讓生者未來人生能夠順利的事，而我們都只是在演一場戲，一場讓小舅之後在江湖好交代的戲，甚至連前往火葬場的路上，我們還要穿著孝服，在幫派與陣頭的簇擁下走好長一段路才能上車，沿途民衆眼神中充滿著好奇與警戒，警察則拿起DV開始錄影，小舅叫我們戴上口罩。

「他們在蒐證啦，不干妳們的事。」小舅跟我媽說著，一邊不耐地揮了揮手，警察往後退了幾步，「這我姐姐家啦，不用拍她們啦，她們住臺北跟我們不一樣啦！」小舅回頭，整張臉正對著警察DV鏡頭喊著。

所有儀式結束後，回到臺北，我再度成爲都市叢林中庸庸碌碌的一員，來往的行人、交手的同事、對峙的長官、親密的朋友圍繞著我的生活，我好像懂了十三妹當時說的「妳的世界等葬禮結束就會變正常」，但這樣的正常裡，爲什麼飄著一絲淡淡的失落？也許，我是有那麼一點羨慕，那些以自己組織爲榮的人、那些只是跟著大哥就幸福的人、那些相信情與義就能緊密聯繫彼此的人。也許，我是有一點想念這兩週以來被他們當成自己人的感覺，這種假性反社會的人生，刺激到像一場不會在現實發生的夢。

我坐在公司的會議室裡，聽著主管們極盡全力地剝削員工已經夠少的權益、對著老闆娘拍馬屁，同時又在手機的工作群組裡，一字字打出自己有多不想這麼做、要大家共體時艱、要相信他會幫我們爭取回來等等兩面討好的話。而剛剛明明在另一個私人群組中抱怨著主管的同事們，這時又一個個進入工作群組，爭先恐後地按出無比可愛的「收到」「辛苦了」「我們懂」貼圖，我面無表情地已讀了所有訊息，手指無意識地滑到了熊熊大火的貼圖。

我突然想到外婆出殯前的那個晚上。

那天是最後一次的燒庫錢儀式，幾個小弟在外婆家旁邊的休耕田地用鐵網圍成一個圈，手臂被鐵線割得血淋淋也只是繞上白繃帶，毫無怨言地繼續纏綁鐵網。

爲了不讓孤魂野鬼跟外婆搶庫錢，所有家人要拉著繩子將燒庫錢的鐵網圈住，因爲鐵網範圍實在太大，甚至占用到馬路的一個線道，家裡的人數完全不夠拉開繩子。這時，小舅幫派中的幾個親信突然走入我們之間補位，將繩子牢牢拉起，其他小弟們則是做人肉三角錐，站上馬路替我們擋車，架好鐵籠的小弟點起了火，開始往裡頭丟庫錢，隨著火勢越來越旺，他們只能在翻飛的紙錢與噴出的火星之間跳躍閃躲。

「阿婆，來領錢囉！」

「媽，來領錢了！」

「外婆，來領錢了！」

在法師的搖鈴聲中，所有人朝著火裡喊著，因為火勢太旺，臉跟身體被烤得暖呼呼，馬路上經過的車輛也都忍不住減速一探究竟。

突然颳起一陣強風，將整坨庫錢吹了出來，風火輪般高速往我們這一面滾來，帶火的紙錢跟元寶隨風不斷飛出，霎時間火苗四起，我身旁的兩個親信想也沒想就把我擋在身後，手裡還拉著繩子，口裡喊著「阿婆領錢」，我轉頭看了一下左右，發現我的家人們都這樣被保護著。

然而在這一片混亂中，繩子還是被風火輪燒斷了，本就將繩子拉到緊繃的我們紛紛往後跌倒，提防著孤魂野鬼的繩陣就這樣破了。

「趕緊再圈起來！」法師搖鈴大喊：「孤魂野鬼要來囉！退散！」

正當我們還想撿起地上的碎繩拼湊而手忙腳亂時，身邊的親信突然抬起自己少一根拇指的手掌，拉起了我的手，然後就像漣漪一般，親信們、小弟們一個一個將大家的手拉了起來，因為牽著手的關係圈圈變小了，我們離火更近了。

「阿婆，來領錢囉！」親信們用力地大喊，深怕剛剛的混亂讓外婆少拿到庫錢。

「外婆，來領錢了！」原本因爲不好意思而小聲喊著的我，竟然也跟著大聲了起來。

「阿婆，來領錢囉！」

「媽，來領錢了！」

「外婆，來領錢了！」

我們圍著火堆盡情地吼著，越來越高的火舌已經快燒到電線桿上的電線，小弟們急忙撒水降溫，隨著水花濺起的火星一點一點落在孝服上、頭髮上，怕火的我手不住發抖，站在身旁的那位親信感覺到我的恐懼，轉過頭幫我吹掉噴來的火星，彼此都很有默契地堅持著不鬆開手，只因不想將給外婆的最後一批庫錢拱手讓人。

慢慢地，緊盯著大火的雙眼逐漸溢出了淚，臉頰也被烘烤地越來越燙，明明已經到了該躲開的極限，但爲什麼我的心卻是那麼平靜安穩？

爲什麼這些逆著社會與法律活的人們，會更有人類的溫度呢？

我坐在會議室一角，將自己的手輕輕握起，試圖抓住那一晚從斷指的手掌中傳過來的情與義，只是我們的人生，還會有交織的可能嗎？

「放心，妳的世界等葬禮結束後就會變正常了。」十三妹的聲音再次響起，但是現在的我，似乎已經分不出何謂正常，何謂不正常，也許就像外婆一樣，在她的眼裡，人本就沒有任何區別。

第二話：妳站在界線的哪一邊？

1 我罷免了我的老師

十八年前，那個仍然四季分明的臺灣，小學六年級畢業前的最後一個月，我，罷免了我的老師。

小學五、六年級的班導本該是同一個，但五年級的班導已屆退休之齡，在我們升上六年級的同時，她就退休了，換了一個臺大畢業的年輕女老師接手帶班。

這個年輕的女老師姓蘇，總是穿著迷你裙、踩著恨天高，把走廊跟教室塡得都是「咔咔咔」聲，幾撮金色挑染隨之擺動，在及腰長髮間隨著陽光閃耀。時髦、豔麗且年紀、用詞都與我們相近的她，很快就融入班上，成爲營造氛圍的中心，每個人都漸漸繞進以她爲主的漩渦，而她也總是笑咪咪地稱讚著每一個人，拉著我們走進更深的森林。

直到有天，一個調皮的男同學上課時不聽話吵鬧，還拿老師開了個玩笑，而這個玩笑，就像是打開了某種魔法開關，天地一夕變色。蘇老師的臉臭到瞬間老了十歲，拿了塊布就把男同學眼睛矇起，抄起擀麵棍，叫全班同學起立到前面排隊。

「你們，每個人拿好這根。」

「輪流打他手心一下！」

那是美術課做舞龍舞獅面具時，做爲把手，類似擀麵棍的棍子，她從教室前面展示的其中一個面具上拔下來的。

無盡的黑暗、即將襲來的疼痛，以及蘇老師與往常判若兩人的三重恐怖下，男同學早已嚇哭，淚水不斷從矇住眼睛的布中滑落，根本沒有人敢對這樣的他下手，更何況，他還只是一個跟我們一樣大的小學六年級生。

蘇老師見狀怒不可遏，從膽怯惶恐的同學手中搶過那根超粗的棍子，把犯錯男同學的手心翻過來，「手背朝上」地緊壓在桌面上。

「你們都不打，就我打！」

語畢，那根擀麵棍就這樣瞬間飛起落下，在半空中劃出一個扇狀的視覺暫留，隨著男同學驚天動地的哭叫，嚇傻的我們這才回過神，那根本不是什麼扇形，而是蘇老師踩著恨天高，整個人跳起來用力往下敲的狠勁，而且還連續飛跳敲打了十幾下。

當最後男同學舉起顫抖的手，試著摘去眼上的布時，他手背上那十根黑紫色嚇壞了才十一二歲的我們。男同學的褲子也在啜泣中逐漸變深，持續擴散的暗漬呼應著他手上被哭濕的矇眼布，猶如班上每個同學被恐懼支配的心靈陰影。

在那個開始提倡零體罰卻還未成定規，青黃不接的時代，一班班導師逐漸收起「愛的小手」，只有蘇老師的體罰頻率背道而馳，而且越來越瘋狂。

那時是民國九十一年年底，我在看報紙時偶然看到「公職人員選舉罷免法」的再修法新聞，天真的我還以為小學生也可以寫陳情書。只要號召全班簽名連署、投交教育部，就可以罷免這個讓我們每天處於恐懼的可怕老師。

趁著在外縣市畢業旅行，全班同學都依照在遊覽車上傳紙條通知的時間，聚集在同一間房裡，滿懷正氣地一起擬定陳情內容，並由身爲班長的我書寫。寫完後我第一個簽上了自己的名字，再將那張紙傳給身邊的同學，就這樣全班所有人一個個輪流在上面留下了簽名，結束時還輕聲拍起了手，像是完成了什麼神聖的儀式一樣，躲過巡房老師的視線，互相把風著回到自己的房間。

那一夜，我們是那麼地團結一心。

隔天，我們把陳情書交給一個大家都信任的同學，請他負責在逛紀念品店時丟入郵筒寄出，接著畢業旅行結束了，我們回到了臺北。

沒想到，這封信不但跟著大家一起回到了臺北，而且送到蘇老師本人手中。原來那個負責寄送的同學，最後在郵筒前猶豫了，選擇了背叛。

而他，正是當初被矇眼打到手背骨頭黑青的那個人。

主筆的我成爲報復目標，老師開始明目張膽地對我展開霸凌，不管我考卷、作文寫得如何，全部不及格。而那個將陳情書帶回的男同學卻成爲老師的愛將，再也沒有被體罰過。

我收到了一張又一張的滿江紅，但我始終沒有哭。之後的日子裡，上課回答問題時，不管我如何舉手都不會被點名，甚至還被處罰「愛舉就一直舉，不准放下來」。

我舉了一堂又一堂課的手，但我始終沒有哭。

我不小心做錯了事，老師也不打我，而是打我身邊的人，一邊打他們一邊轉頭看著我：「妳我打不得，打了就要告我，我只能打別人。」被揍的同學恨恨地看著我。

我望進同學們逐漸堆積起怒氣的雙眼，但我始終沒有哭。

漸漸的，全班沒有一個人敢反抗老師，也對堅持不示弱的我有了怨懟的情緒，而我仍然相信只要自己把事情做得更好，讓老師無法挑剔，大家就會理解的，事情就會過去的。

直到有一天，蘇老師叫我去幫她發聯絡簿，我乖巧地走到她面前，雙手正要接過全班三十六本聯絡簿，她竟突然爬到椅子上站著，將三十六本聯絡簿高高舉起，狠狠地作勢往下砸。

我嚇得本能地把手一抽，往後跳開，那三十六本原本應該砸向我的聯絡簿，重重地墜落到地面，而且還因爲力道過大，有幾本噴得好遠，飛到其中幾個同學的桌腳旁，同學們正要彎身幫忙撿起時，「誰敢幫她撿，我就揍誰，而且下場還會跟她一樣。」

站在椅子上的蘇老師，穿著迷你裙、踩著恨天高，幾撮金色挑染隨著電風扇的擺動在陽光中閃耀，有如第一天見到時的美麗模樣，只是這次，她的眼睛裡塡滿了瘋狂，甚至可以說是充滿恨意。

那些原本要幫忙的手一隻隻收回，改抓起桌上的書跟筆，一副什麼事都沒發生似地自習起來，只剩我一個人站在滿地聯絡簿之中、站在老師憎恨輕蔑的視線之下、站在全班同學避之不及的視線之內，也是之外，就像是被遺棄了一樣。

原來，恐怖眞的可以支配世界。

我一直忍著的眼淚，終於掉下來。爲了掩飾哭泣，我蹲下身，在刻意散下的長髮遮掩出的狹隘視野中，孤單地整理起散落一地的聯絡簿，並且在過程中盡可能離老師的椅子遠一點。

突然一隻手伸進我哭糊的視線，我拚了命想藏住的眼淚甚至滴上那隻手。膽怯地抬頭一看，竟然是班上的問題學生莉莉。

「幹，看屁喔！」莉莉不耐地搶過我手中的聯絡簿，粗魯又散漫地與地上其他本隨意整理成一落。

莉莉是一個被確診爲過動兒，隔代教養且領有清寒津貼的學生，開口閉口都是「幹」「幹×娘」「幹×××芭」（甚至還有更長的），簡直就是我的髒話啓蒙導師，而且她對所有人都有敵意，包括我。

回想跟莉莉同班的時光，幾乎全班每個人都在她手上遭過殃，不是被她打過巴掌，就是被快沒水的彩色筆畫衣服，排隊排在她前面還會被她千年殺。她的阿嬤大家都認識，因爲她阿嬤天天都要來學校道歉。

之前因爲班上的愛心媽媽出車禍，我媽在百忙之中匆促上任代班，這才得知莉莉的情況，竟然還跑去文具店，買了一本可以上鎖的日記本送她。

那個年代，可以上鎖的日記本對小六女生來說根本是高級奢侈品，那些藏在鎖頭裡的空白頁紙，是每個被青春期攪亂的靈魂期盼安居的天地，我們可以盡情書寫自己心中最重視的小祕密。

結果現在莉莉眼前就有這樣一本，全新、硬殼、鎖頭上還有細緻雕花，小小的銀色鑰匙上也刻有同樣的雕花，整齊地包裹在霧面的塑膠袋中，卻仍裹不住一閃一閃的誘人金屬光澤，莉莉整個人都慌了，因爲前一天，她才用彩色筆把我的衣服畫得一塌糊塗。

莉莉體型矮小，所以我媽拿著日記本蹲下，讓莉莉可以不用一直抬頭看她，又或是不想讓莉莉迴避視線。

「莉莉，妳是不是覺得大家都欺負妳，所以不開心，對不對？」我媽溫柔地問莉莉，莉莉竟然點了點頭，於是我媽趁勝追擊。

「連我女兒也讓妳不開心，對不對？」聽到我媽這樣顛倒是非，我忍不住出聲抗議：「媽妳是不是搞錯了……」

「噓！不要吵！」我媽轉過頭來嚴厲地揮了揮手讓我閉嘴，然後又換回和藹的面容轉回莉莉的方向。

「沒關係，今天起妳就把欺負妳的人名寫在這裡。」

「這是我們之間的祕密喔！」

「我們一起想辦法好嗎？」

我媽把日記本遞出去，莉莉伸手接下，還是沒說一句話。

神奇的是，那天起莉莉再也沒有欺負過我，甚至沒有再欺負班上任何一個人，雖然髒話還是沒停，卻沒再動過手，而且看到我媽時會害羞。

畢業後我媽才說，她在代班愛心媽媽結束的前一天去看那本日記本，發現裡頭始終都是空白的。

莉莉伸出的援手，讓她付出了慘痛的代價，營養不良導致身形特別瘦小的她，被蘇老師輕易地從地上抓起來、扔出去，並且被逼到教室角落，被擀麵棍狠狠揍了一頓。

但莉莉被揍完只是罵了一聲「幹」，又飛快地爬過來繼續撿，而且是笑著撿，我嚇到叫她不要撿了，結果莉莉直接加碼送出五字髒話，然後就被蘇老師拖去訓導處了。

被拖走時，她伸長細細的手，掙扎著再幫我多撿了兩本，扔在後門口的置物櫃上。

隨著蘇老師恨天高的「咔咔」聲與莉莉的幹聲逐漸遠去，教室裡第一次，只剩下在那張陳情書上簽下名字的人。氣氛瞬間尷尬起來，但沒有人想打破沉默，只有電風扇轉動的聲音規律地響著。

我從地上爬起來，走到後門口，低頭看著莉莉拚命放在置物櫃上的兩本聯絡簿，那不是我的，也不是她的。

宛如靜止的教室裡，電風扇的風吹起了聯絡簿的綠色封面，一頁頁逝去的日子飛起。究竟事情，是怎麼走到今天這樣的呢？

然後我就失去了意識。

我聽到我媽泣不成聲。

「那時老師打來問我罷免信的事，」

「我就不該認爲女兒快畢業了，就這樣放著……」

「我那時竟然還跟老師說，我女兒也有錯……嗚嗚嗚嗚……」

我聽到我媽忿忿不平。

「這篇作文爲什麼被打0分？」

「我要去找校長。」

「這就是老師霸凌我女兒的證據！」

「我要讓女兒轉學，我要把這些事情都說出去！」

我聽到我媽灰心喪氣。

「校長說，他無法開除老師，」

「因爲老師是教育部分配來的，」

「他也拿老師沒辦法……」

「校長說要開校務會議，看能不能讓女兒轉班……」

我聽到我媽小心翼翼。

「校長說可以轉班了，」

「有老師自願要收，」

「可是不能拿市長獎了，因爲距離畢業只剩下一個月，對原來班級裡的人不公平……」

我聽到我媽歇斯底里。

「我的天哪！妳不准來！」

「妳這樣對我女兒還敢來看她？妳不准進來！」

「我們不歡迎妳！」

原來我失去意識的那一天被送進了急診室，從一開始的發燒、全身無力，到身體任何出入口都流出綠色液體，吐綠汁、拉綠水，這些離開我身體的綠色，宛如那天被風吹起的聯絡簿，逝去的日子一頁頁飛起，曾經與我並肩的同學們轉身與老師同行，他們的人生仍在繼續，而我，還是那疊連風都吹不起的空白。

在連續三天的急診折磨中，爸媽的威逼終於請出小兒科主任，並在急診室確診爲盲腸炎，直接推進手術室。那時的我，其實已經痛到眼睛看不見了，這種在黑暗中疼痛的恐懼感，隨著麻醉面罩戴上臉，甜甜紅蘿蔔香味的氣體籠罩鼻腔，身體突然變得放鬆起來，接著在醫生輕輕的倒數聲裡，我終於在黑暗中睡去。

在恢復室裡醒來時，冷冽又刺眼的日光燈瞬間染白了視野，護理師溫柔的嗓音、器械冰冷的撞擊聲、氧氣面罩的咻咻聲、點滴袋被揉擠的塑膠聲……我的世界，好像重新開始轉動了。

推進一般病房後，醫生打趣地跟我說，我接下來最重要的功課就是「排氣」，只要「排氣」就可以開始吃東西，我轉頭問正在幫我調點滴的護理師什麼是「排氣」，護理師在口罩後面輕輕地笑了，湊到我耳朵旁邊小小聲地說：「就是叫妳『放屁』啦！」

我笑得好大聲，右下腹的傷口也因此被扯到開始滲血，醫生連忙叫我不要再笑了，拿起推車上的紗布跟藥開始幫我換。但我還是一直在笑，我覺得自己好久沒有笑了。

接下來的日子裡，我就只是在病房裡發呆、昏睡、偷吃我媽帶來的零食，不想吃藥的時候，還會偷偷把藥丸藏在枕頭底下，結果被凶巴巴的護理師發現，強制換成藥粉灌下去，於是我跟護理師達成協議，只要「不開電風扇」我就會乖乖吃藥。發現解鎖條件竟如此簡單的護理師，當然一口答應。

這段跟著傷口一起痊癒的日子，眞的好幸福。

因爲轉班手續已經完成，所以康復以後，就算只剩一個月還是得回學校上課，萬萬沒想到的是，這個轉班竟然只是轉到隔壁班。

校長親自從校門口領了我，穿過我跑了六年的紅土操場，經過我曾經用光下課十分鐘時間都排不到的鞦韆，還有可以買到一瓶五元的香香豆跟一塊十元的神奇寶貝墊板的福利社，最後走過再熟悉不過的那條高年級教室走廊，現在是上課時間，走廊上靜悄悄的，只有偶爾從窗子裡透出的課文朗讀聲。

終於要經過原本的班級了，我沒忍住往教室裡頭看一眼。

我曾經是裡面的一分子，可是現在，他們正隨著我離去的步伐，一步步被窗檻洗去，教室前方站在講臺上的蘇老師依舊那麼嬌小，穿著迷你裙、踩著恨天高，她挺著胸，手撥了一下頭髮，「咔咔咔」地走下講臺，當著校長跟我的面，用力將教室的前門摔上。

門被關上的那一剎那，我看見蘇老師的長髮再度飛起，幾撮隨著陽光亮起的金色挑染像是魔法一樣，把那些剛從窗檻中消失的同學變了回來，雖然只是一瞬間，但穿透髮絲的數十雙憤怒視線，仍舊穿透了門板，盯得我隱隱作痛。

而我，只是往前走兩步，就逃進了牆的另一邊。

畢業前最後一個月，我就在隔壁班安靜地待著，雖然新班級的氣氛眞的很融洽，而且因爲畢業前課程進度都已結束，不但每堂課都出去打籃球，上課也幾乎都在開同樂會，但我仍然獨自安靜不說話。不過這樣的快樂感，還是像鞭炮一樣穿去牆的另一邊，在我的原班級劈里啪啦地炸開。

「叛徒！」

「逃去別班過得很爽嘛！」

「不要以爲妳逃得過！」

我原本的同班同學們開始把下課珍貴的十分鐘都浪費在我身上，特地跑到我的新班教室外朝我叫囂，甚至有些男同學拿起了蘇老師的擀麵棍。

這些畢業旅行時一起在罷免書簽下名的朋友，終於變成了比陌生人還要糟糕的關係。

因爲害怕，我變得不太敢離開教室，除了有上廁所的需求時，才會趁上課前的最後幾分鐘，迅速跑去走廊盡頭的洗手間解決，然後在上課鈴響前衝回教室裡。只因有次上課鈴響我才走出廁所，結果已經空了的走廊上，竟站了幾個原班級的同學在等我，好在新班級老師機警，連忙跑過來把他們趕回教室，我才逃過一劫。

但這樣的恐懼並沒有持續太久，很快我就發現，那天以後每次我去廁所，不管是進去還是出來，莉莉總是在洗手。

「幹！看屁喔！」

莉莉一手把「節約用水」貼紙下方的水龍頭轉到最大，一手掩飾般地用水花糊掉整面鏡子，然後朝著經過的人大罵，甚至連我都罵。

奇蹟似地，眞的沒人再來惹我了。

一個月過去，終於迎來鳳凰花開，花樣很多的新班級男老師在畢業典禮開始前，邀請家長們一起進教室，並要求班上每個同學都上臺，對著一路伴著自己長大的父母，以及即將分別的朋友們，發表畢業感言，爲自己的小學生涯做一個結尾。

「我也要嗎？」我爸媽因爲工作都沒辦法參加畢業典禮，而且我根本不覺得才在這班待一個月的我，有資格占用大家寶貴的時間。

「要啊，妳是我們班的啊！」男老師理所當然地說。

「可是我才來一個月……」我的畢業照甚至還印在原本的班級那頁。

「一個月也是我們班的一分子啊！」男老師笑著推了一下我的背，叫我上臺。

「對啊，妳也要！」「妳是我們班的啊！」「怎麼可以只有我們上臺做這麼丟臉的事啊！」新班級的同學此起彼落地起鬨。

「妳看吧！」男老師一邊把粉筆頭丟到那個說丟臉的男同學頭上，然後在引起鬨堂大笑的同時，望著我小聲地說：「大家都很喜歡妳喔！」

於是我怯懦地走上臺，看著才相處一個月的新同學，有些我甚至都還沒機會講過話，教室後方黑壓壓的一大群是他們的爸爸媽媽，我這才想起來，其實除了男老師，根本沒人知道我爲什麼突然在畢業前夕轉進來，卻都溫柔地包容了我的闖入。

「我是……上個月轉班進來的。」我深吸了一口氣，原本鬧鬨鬨的教室安靜了下來，在這樣的靜默中，我開始傾訴。

「我，」

「是因爲要罷免我的老師，」

「所以才轉過來的。」

我望向幾乎站滿家長的教室後方，那堵高掛著「畢業快樂」的牆，牆的另一邊，是原本屬於我的班級。

「她用很粗的棍子揍人，而且還矇著同學的眼睛揍，」

「還叫全班同學一起揍，」

「所以畢業旅行的時候我擬了罷免書，全班都簽名了，」

「明明要寄到教育部，可是最後失敗了，」

「那天起，我的身上再也沒有傷痕，因爲老師不打我，」

「她靠打別人來懲罰我，」

「我的媽媽，一開始也覺得是我的錯，」

「問我爲什麼不安安靜靜等畢業就好，非要惹這一齣，」

「直到她看到我的0分考卷，」

「我才有機會站在這裡……」

事發後，我沒有再跟任何人提起這段不久前的過往，哪怕是在家裡我也沒提，但現在就像水龍頭被狠狠扭開了一樣，我不再對心裡的委屈節約，而是把曾經的恐懼跟不解一股氣地統統灑出來。

「我曾經很害怕，害怕到生了一場病，」

「可是，」

「我不後悔自己做了這些事。」

眼前一張張臉糊成一片，眼睛變得好酸好酸，我明明不想哭的。

「謝謝你們，」我低下頭抹著淚：「謝謝你們讓我可以不後悔。」

教室裡響起了細細的騷動，我不敢抬頭看任何人，正當我不知怎麼收尾時，一串腳步聲離我越來越近，一個不知道是誰的媽媽走上前。

「我可以抱抱妳嗎？」溫柔的嗓音剛落，我整個人就被抱得超緊。

「謝謝妳的勇敢，」那個媽媽像在拍嬰兒一樣，輕輕地拍著我的背。

「謝謝妳告訴我們這些事。」

我從小學畢業了，因爲在成績結算後才轉班的關係，我不能領走新班級前三名的獎，只能拿第四名的區長獎，當司儀叫到我的名字時，我在新班級的人群中站起，獨自一人走上禮堂舞臺，在原班級的噓聲中、新班級的歡呼中，我從小學畢業了。

回到家後，我把區長獎的獎狀拿給我媽看，我媽說，這比市長獎還好，就是因爲太委屈了，領區長獎才剛剛好。

十八年前，那個仍然四季分明的臺灣，小學六年級畢業前的最後一個月，我，罷免了我的老師。

那幾縷閃爍在髮間的金色，終於成爲空白紙頁上的一抹輝煌。

2 染紅的毛衣

某天跟媽媽整理家裡的時候，從衣櫥深處拉出我國中時期的長袖制服毛衣，長袖毛衣的右手袖口爛成一條條，媽懷念地摸著。「我還記得那時洗妳這件毛衣時哭了，因爲想到妳這麼認眞念書，念到衣服都破了卻總是得不到回報……」她把毛衣往臉上蹭：「想起來還是好心疼喔。」

媽媽將毛衣疊起，破破爛爛的袖口瞬時消失在純熟的疊技之下：「所以我教書時，看到那些明明很努力，但功課就是不好的小朋友，都會想到妳，然後就會更想幫助他們。」

我接過疊得像新的一樣的那件毛衣：「可是媽，那不是因爲讀書磨破的。」

媽媽手裡正折著下一件衣服，用下巴示意我把毛衣放回衣櫃，但我卻把毛衣放進黑色的資源回收袋：「那是因爲手上太多傷口了，我爲了要遮住才穿了整個四季。」

我撿起我媽因爲震驚而失手掉在地上的衣服，那是最近才買的。

「我被霸凌到差點去死。」我笨拙地將撿起的衣服疊起，放進衣櫃：「我割了我自己。」其中一隻袖子掉了出來。「對不起，現在才告訴妳。」

那片藏在毛衣長袖內側的暗紅，曾是塡滿我青春的顏色，直到十五年後，一塊塊暗紅在記憶中再次濕潤起來，濕潤地鮮紅欲滴。

自從迎來生理期，那每個月報到一次的血紅，正式將童年時光染上新的顏色，走向所謂的青春期，那是一段心靈總是來不及跟上身體各種變化的時光。換了制服、換了學校、邁向新的社會期待，當時家境只有小小康的我，被爸媽咬著牙送進一間私立中學，班上同學個個家世都大有來頭，看似暫時站上了同一個起跑點，但我仍然知道，自己跟大家不太一樣。

國中是一個很特別的時期，那暗藏在人性中的暴戾，似乎會在荷爾蒙的胡亂衝撞下，與法律保護未成年人的條文產生化學反應，將惡發揮到最大值，讓那個年紀的孩子可以同時具備著純眞與殘忍，將霸凌變成大風吹，如果想要一個人去死，彷彿眞的可以笑著送他去死。

而這陣風在班上轉了半圈以後，終於也吹到了我身上。

午休睡覺時身體周圍被牙膏圈滿，鈴響，我抬起頭，我的桌面就像刑警用白色粉筆畫出死者姿勢一般；輪到我當值日生了，教室會變得特別亂，排好的桌椅會不斷被踢歪、擦好的黑板會一直被撲白；吃完飯，我要去置物櫃拿盥洗用具卻聽見一陣嬉笑：「嘻嘻，我們剛剛拿她的牙刷去刷了馬桶。」

我反抗了，質問爲什麼要這樣對我？帶頭的女生在自己的小團體中回過頭，充滿厭惡地看了我一眼：「因爲妳欠教訓啊！」

於是我將求救訊息寫進紙條夾在週記裡，希望老師可以幫助我。結果週記發回來，紙條不見了，我去找老師，老師不在，已經被打開的紙條兀自顯眼地攤在桌上，每個人都看到了，只有老師選擇當作沒看到。回到教室，帶頭的女生燦爛地笑著，笑著給了我一巴掌：「妳怎麼不去死啊？」

那天起，我明白什麼叫做心痛，那種痛是一股濃濃的酸，會從心口擴散到整個胸腔，你能清楚感受到肺的形狀跟心的形狀，卻感受不到自己存在的形狀，只知道自己正慢慢地腐蝕掉。

終於，我因為換氣過度暈倒在地，搭上了救護車、送急診，媽媽必須放下工作請假到醫院陪我，還要支付救護車跟高額急診費。

為了不造成家裡的壓力跟擔心，我的身體選擇了另一種方式轉移恐懼與疼痛，手臂上的皮膚再也沒有完整過，藏在長袖毛衣下逐漸血肉模糊的爛肉，成為我確定自己還活著的依據。

放學時，在湧進蔥油餅攤、珍珠奶茶店的學生陣容中，我獨自脫隊走進文具店，把每個月領到的零用錢都梭哈給美工刀，只為確保美工刀將兩個口袋塡滿，確保隨時都有足夠銳利的刀鋒，可以將不斷侵蝕掉自己的酸，透過劃開的一道道傷口排出。這樣回到家的時候，看著為了維持家計辛勤工作早出晚歸的爸媽，我才可以忍住眼淚，讓嘴角上揚，然後一邊緊拉長袖毛衣袖口，一邊聊著那些只存在幻想中的美好校園生活。

那個被大人們說很危險的美工刀成爲救命的稻草，支撐著我度過每一個難熬的日子。

換季了，雖然校規規定不能再穿長袖毛衣，但我卻不敢脫掉。我相信老師隱約知道原因，因爲她不但默許我繼續穿，甚至也沒被教官找麻煩。而我爲了早日脫離這個班級，選擇直升同校高中部，這樣就可以早一學期離開這裡，到直升班就讀。這個決定增加了父母的經濟壓力，爲了懲罰自己，已經到直升班的我，沒能改掉用外傷排除心痛的習慣，就算笑著與新同學聊天，只要經過女廁、腦海閃過父母的身影，我還是會忍不住。

「我去一下廁所喔。」我笑著跟新同學說，轉過身，關起門，捲起長袖毛衣，拿出口袋裡其中一把美工刀，熟練地往已經癒合的皮膚劃下，只是這次與之前不同，這次，是用噴的。

總是緊握著的美工刀，第一次掉到地板上，我的腳往後一縮，頭抬起來看著因不斷噴湧而形成的一道深紅，一幕幕往事也隨之躍然而上。

那些住在破舊店面裡，一家人睡在併起來的桌上的日子；

那些聽著水管細碎動靜，笑著數裡頭有幾隻老鼠的日子；

那些媽媽沒錢買新鞋給我過年，我卻還跟她嘔氣的日子；

那些剛換新環境念書，興奮地期待未來的日子；

那些擔心讓父母、社會、自己的期望都落空的日子；

那些不知自己哪裡做錯，錯到連活著的資格都沒有的日子。

求救的本能讓我走出廁所，我哭了，直升班的新同學衝進來，不顧不斷噴出的血，用力抓住我的手捏緊：「妳爲什麼要這樣！」

我記得自己是在出社會後，才發現身邊很多個性開朗、講話風趣、人緣超好的同事或朋友，大概在國中這個階段都曾被霸凌過，而用這些經歷相認的我們，總是笑著對彼此說：「看不出來！」

站在社會道義的角度上，我們不鼓勵任何傷害自己的行爲，但站在一個人類的角度上，我卻不會說，這樣做是錯的。

有時候，我們只是找不到出口。尤其在那個極度敏感又不成熟的青少年時期，出口的光似乎更加遙遠、飄渺，卻刺眼得像是在催促我們快點走到。而一旦發現自己的迷失，只好讓自己的路走得更加崎嶇，才能有理由面對自己走不到出路的事實。

究竟是什麼原因讓人選擇在平坦大道上，自己設下荊障，走得血跡斑斑？這個社會願意放下成見去了解嗎？

鮮血仍不斷從她的指縫滲出，新同學乾脆雙手齊上，試圖減緩血噴出的速度。

「妳到底爲什麼要這樣啦！」她咬著牙問我，分不出是因爲生氣還是用力，我卻哭到說不出話。

那天起，我的心隨著手腕上緊纏的繃帶徹底封閉，放棄尋找自己存在的意義，改成消極尋找苟活的辦法，繼續穿著長袖毛衣，直升上了高中部。

高中三年來，我跟新同學始終沒有特別好，新同學也沒再提起那一天的事，好像什麼都沒發生過一樣。看著那天不小心落在她裙上的幾滴暗紅隨時間淡去，我以爲國中那些經歷，也可以像沒發生過一樣，從記憶抹去。

直到小柔被全班討厭。

小柔是一個各方面都極度模範的好學生，當大家流行在襯衫下擺穿過鞋帶束起時，她是眞的規規矩矩把襯衫紮進裙子裡；當大家將裙子捲到只蓋住大腿一半時，她的裙擺始終在小腿肚附近擺盪；當大家用口紅膠將白襪拉到最長，黏在膝蓋下方時，她的襪子始終沒高過腳踝；當大家無視髮禁，用瀏海跟羽毛剪修飾臉型時，她的臉上始終沒有一絲碎髮；當大家不想寫功課向老師耍賴時，她總是第一個交上已經完成，而且近乎完美的作業。

漸漸地，小柔的身邊，再也沒有一個跟她一樣的人。

升上高中以後，可能因爲年齡增長又經過一次大考，加上校園裡還有國中部的學生做對比，各方面都稍微成熟了一點點，但仍是急需群體認同的年紀，而且會用排除異己的方式追求同儕認同，只是手段高明了許多，收起國中時肆意發洩的暴戾之氣，昇華成難以追究責任的精神折磨。

乖巧的小柔，就這樣成爲了衆矢之的，分組時被惡意落單、收作業時被故意漏收、換教室時唯獨不通知她、排桌椅時刻意不幫她排、吃午飯時趁她不在，脫下球鞋往她飯裡抖砂石、班會有棘手的事時一致推她出線、老師稱讚她時一片鴉雀無聲。

面對這些惡意，小柔始終舉止端正地堂堂接下，她依然做自己，她依然沒有哭。

漸漸地，小柔的身邊，只剩下同一種人。我看著小柔成爲班上的攻擊目標，竟爲自己站對邊感到安心。

直到那一天，小柔掀開了我的面具。

那是一堂令人疲憊的數學課，好不容易迎來十分鐘的下課時間，大家都在位子上發懶，教室裡沒什麼聊天的聲音。小柔突然推開椅子，直挺挺地從座位上起身，邁起穿著白短襪的步伐，在經過一天的課後變得凌亂不已的課桌椅間，一步、一步、一步地走著，打破難得寂靜的下課時光。

而那在小腿肚周圍擺盪的長長裙擺，最後竟停在了我的桌前。

「妳下一堂課可以跟我一組嗎？」小柔問我，我不可置信地看著小柔，對到了她戴著眼鏡也遮不住聰慧的明亮雙眸，於是小柔又微笑著問了我一次：「妳跟我一組好不好？」

我看著小柔臉上的微笑，而在那張笑臉背後，是來自教室四面八方的眼光。

「妳不要找我！」我看著來自教室四面八方的眼光說，「我不想跟妳有任何關係。」

說完，我馬上把目光移回桌上的筆記，手裡的筆焦躁地敲著桌面，小柔就這樣持續站在我的桌邊，我可以感受到她盯著我，然後大家在盯著她。

直到上課鐘響，老師問小柔怎麼不回座位，小柔才說，她不太舒服要去保健室。

小柔終於離開了。

我的目光仍然留在桌上的筆記，只是上面多了幾滴小柔的眼淚。

「天哪，好險妳沒答應她。」隔壁座位的同學說。

「不然就換妳了。」同學打了一個冷顫。

「對啊，她幹嘛突然發神經。」我一邊笑著，一邊撕下那頁筆記，揉進掌心。

那天以後，小柔再也沒脫下長袖毛衣，兩個口袋看起來總是鼓鼓的，我彷彿聽見美工刀互相敲擊的聲響。

終於，褪去長袖毛衣後的我，也成爲了讓人躲進長袖毛衣的存在。

漸漸地，我的身邊，都是我不想成爲的人。

而小柔爲了早日脫離這個班級，學測考砸也堅持不參加指考，就這樣直接錄取一間低於她實力很多的大學，匆匆忙忙地離開了學校。

大家很快就忘記了她。

直到畢業典禮當天，小柔回來了。

她依舊套著白色短襪，長長的裙襬圍繞著小腿肚擺盪，白襯衫整齊地紮在裙內，只是最外面已經不再罩著長袖毛衣，清爽地別著紅金色的「畢業生」胸花。

全班每一個人都注意到小柔，卻都很有默契地當作沒看到，甚至連陷入短暫的安靜都沒有。

儘管沒有任何一雙眼睛爲她停留，小柔仍優雅地走進教室，坐進那個被遺忘很久的座位，開心地翻看著畢業紀念冊。

「我是她的話根本不會再出現了！」

「她到底爲什麼還要來啊！」

「她竟然還看得下去畢業紀念冊！」

聽著同學們的言語，我低頭看向桌上的畢業紀念冊，這本我根本還沒翻開，也不想翻開的畢業紀念冊。

爲什麼繼國中被霸凌之後，我會連高中的回憶都不想擁有了呢？

我推開椅子，從座位站起，一步一步穿過嘈雜的教室，停在小柔的桌前，她從畢業紀念冊裡抬起頭。

「好久不見。」小柔笑著說，眼鏡後方的眼神仍舊是那麼地澄澈明亮。

「對不起。」我看著小柔臉上的微笑，「對不起，我那時拒絕了妳。」

「我不應該假裝沒看到妳的痛苦。」我看著小柔臉上的微笑，我看著小柔站起身，我看著小柔整整齊齊紮進裙中的襯衫。

「對不起，我……」然後，我在她的擁抱裡，看到來自教室四面八方的眼光。

「沒關係喔。」耳邊傳來小柔溫柔的聲音，我的眼神突然無法從來自教室四面八方的眼光中對焦。「都過去了啊。」

我低頭，看見她手上一道道淺淺的白色疤痕，它們排得很整齊，猶如小柔一直以來端正的模樣。

「沒事了。」小柔拍拍我，那幾道白色疤痕瞬時糊成一片圓月，我終於，找到了出口的光，並且可以回頭，拾起沿路落下的鮮紅。

看來這衣服是整理不下去了。

「媽妳別哭啊！」我看著媽媽一邊痛哭，一邊把長袖毛衣從資源回收袋裡撈回來又丟回去。

「都過去了啊！沒事了。」我摸著恢復光滑的手。

「太好了，原來我一直沒有忘記。」我笑了，終於讓長袖毛衣從我的人生畢業。

3

不只是失去老師

我出社會後曾到日本留學一年，當時會決定重拾書本，並不是因爲有多遠大的抱負或多有上進心，直白一點說，就是爲了逃避現實的壓力、逃離所有認識我的人，想到一個新的地方重建自己因爲不夠堅強，被徬徨迷惘擊碎的心。

不過無所事事的逃避雖然有助於心理健康，卻對未來無益。所以還是花了點時間思考進修的方向，最後決定到治安良好足夠讓親朋好友安心，且在生活文化歷史淵源上都緊密相連的日本念語言學校。

然而這一年帶給我的收穫，卻遠遠不只有日文而已。

因爲是語言學校，除了老師跟校務人員是日本人，學生都來自世界各地。當時跟我同班的就有六個臺灣人、一個香港人、五個韓國人、一個菲律賓人、一個越南人、一個中國人。每個人都像是暫時拋開原有的現實包袱，在地球村般的校園裡享受著異國生活的新鮮感，一切是那麼地和平，又令人期待。

直到那一堂課，冷酷的現實終究跨海撲來，殘忍地與空氣合而爲一，成爲一片，原來我不管去了哪，都不得不與之共存的黑霧。

我還記得，那是那天的最後一節課，因爲快放學了，大家心情都很輕鬆，負責這堂課的水野老師也早早結束枯燥的課本進度，挑了個自由題目，鼓勵大家用日文跟同學分享自己國家的有趣文化。

輪到班上唯一一位中國同學時，她熱情地分享著中國的祭祀文化，但當提到某個用語時，坐她旁邊的臺灣同學不經意地說出「這跟臺灣不一樣」，沒想到引起坐在我對面的越南同學好奇，「爲什麼不一樣？」越南同學舉手誠心發問：「臺灣不就是中國嗎？」

班上的臺灣同學陸續喊出了大大小小的「不是！」「才不是呢！」

越南同學顯得更加疑惑，將更大的問號拋向我：「可是你們不是講同一種語言？下課的時候，你們用中文聊天都能聽懂對方在說什麼啊！」

「是同一個語言沒錯，但……」我試圖接住這個問號，結結巴巴地用日文回答，沒想到隔壁的臺灣同學搶過話：「美國英國都講英文，也不同國啊！」

「臺灣跟中國是兩個國家喔。」班上的臺灣人此起彼落地說著：「我們是不同的國家。」

越南同學驚慌的眼神落到水野老師身上：「臺灣跟中國，不同國嗎？」

水野老師用再平常不過的語氣，溫柔地回答了越南同學：「不一樣喔！」

原本一直很安靜的中國同學，終於激動地拍桌站起，指著水野老師，指尖劇烈發著抖，手指後方則是咬緊的唇牙。

「老師！」中國同學顫抖著說：「妳一個外國人，憑什麼干涉我國事務？」

我彷彿聽見班上所有臺灣人理智線斷裂的聲音。

「什麼意思？」我也站起來：「爲什麼用『我國』？爲什麼說『干涉』？」

「水野老師表達自己的意見，不行嗎？」我雖然知道這幾個問號背後的答案正是臺灣跟中國一直以來的意識差異，但整個人還是激動了起來，班上的臺灣人也跟著群情激憤。

「哪裡來的『我國』？」

「臺灣跟中國明明就不一樣。」

「水野老師只是發表她的看法，言論自由，到底有什麼錯？」

中國同學突然委屈起來，整張臉漲得通紅。

「你們爲什麼每次提到這事就激動！」

「仗著我一個人欺負我嗎？」

「中國是有多壞？」

「你們就這麼不想跟我們有關聯！」

坐在角落的臺灣同學生氣地說：「你們整個國家，平常欺負臺灣還不嫌多嗎？」

「明明一直打壓我們，現在說我們欺負你？」

「這個重量均等嗎？」

唯一的香港同學也加入戰局：「雖然香港跟中國是一國，但香港人跟中國還是很不一樣的！」

越南同學在這片混亂中笑出來：「天啊！怎麼這麼複雜！」

「有話不能好好講嗎？」中國同學的眼裡都是淚水：「爲什麼要一直罵我的國家！」

語畢，中國同學抓起書包衝出去，尷尬的教室裡，方才燒起的餘燼未完，而餘煙卻熏出了些許的後悔。冷靜下來想了想，她從小受到的教育與思想的確與我們不同，我們又怎能將一直以來受到的國際壓力，變成刀劍般的話語刺向一個她？更何況，在這一天之前，我們是朋友，也曾一起學習，一起為彼此的夢想應援。

下課鐘響，大家因為擔心，在教學大樓裡到處找她，最後卻看見她頂著紅撲撲的臉，在教師辦公室裡比手畫腳，而裡頭的日本老師們正用日本人一慣的點頭與誠懇傾聽著，看來還要好一段時間才出來了。於是我們離開了學校，以為可以繼續迎來日復一日的日常。

直到隔週，同樣的時間，同樣的同學，同樣的教室，走進來的卻不是水野老師。原本還在喧鬧的全班同學瞬間安靜下來，包括那個中國同學。

「水野老師怎麼了嗎？」我打破沉默對著新老師發問，新老師是學校的教務主任。教務主任雙手合掌，露出滿臉抱歉，一股寒意從背脊升起。

「所以，」我感覺自己明知故問，卻又不願相信這是事實：「水野老師去哪了？」

教務主任拉拉衣領，用禮貌裝塡掩飾不住的事不關己：「臺灣跟中國的事情本來就比較複雜，不是我們可以插手的。」

「身爲一個老師，應該要平息紛爭才對。」

「我們把水野老師調走了，學期結束前換我來上課。」

教務主任對著我們深深一鞠躬：「造成你們的困擾，眞的很對不起。」

我們怔怔地看著教務主任平整的背脊，與整齊得沒有一絲毛躁的頭頂，究竟什麼時候，才可以不用再看到有人因爲臺灣跟中國的事低頭？

從此以後，課堂上再無「文化差異」「國家特色」等討論，我們再也沒機會暢談自己的家。

「就說一個外國人，憑什麼干涉我國事務。」

中國同學這句話，終於在這個不是臺灣也不是中國的學習場所裡，築成爲一堵牆。

結束教務主任的課後，我在打工的地方處理標籤貼紙，對面坐著的是來賺零用錢的日本年輕媽媽藤田桑，平常總會親切地陪我練習日文對話，還會教我關西方言，是我在日本交到的第一個日本朋友。

「藤田桑，」我撕開藤田桑遞來的標籤，自己也沒意識到地開了口。

「是？」藤田桑一如往常地睜著那對晶亮深邃的雙眼看著我。

「有一個國家，到底是什麼感覺？」我雙眼空洞地看著手上的標籤紙，上面印著**Made in Japan**。

「咦？什麼意思？」

「講得出自己是日本人，到底是什麼感覺？」我手中的標籤紙滴上了從眼睛掉下的水漬。

「可以平平淡淡的，說出自己是哪一國人……」我把被滴濕的標籤紙翻過面，在褲子上拚命按壓著。

「到底，是什麼感覺？」

標籤紙滑落，飄到藤田桑剛擦乾淨的地面，我再也忍不住地哭了起來，嚇壞的藤田桑抱住我安撫，我知道她不懂我爲何而哭，但沒關係，因爲我也不知道她爲何不明白我的痛苦。畢竟她從小就在一個被世界承認的國家長大，而且她的國家安居樂業、自產富足，也沒被任何飛彈瞄準著，甚至還加入了所有國際組織，在這顆地球上有著全人類都會自然承認的存在。

今天，我們失去了一位老師，獲得了一個妥協的低頭，但我們的存在，什麼時候才可以理所當然？離開臺灣來到國外生活，才發現無力感竟然可以如此巨大，在各種需要解釋「臺灣」的場合中、在政府機關一下在臺灣後面括號中國，一下又不加括號的忐忑中、在店員一聽到中文就把我們當做中國人的時候，這種沒有歸屬、沒有支撐的感覺，好孤獨。

這個世界明明那麼大，爲什麼臺灣人不論走到哪，都只能活成同一種縮影，而且總是縮得讓人措手不及，明明只是課堂上學生孩子氣的爭吵，卻在象徵大人的老師處理下升格成國際問題，更糟的是，似乎也沒有更好的解決辦法，臺灣的必須犧牲與退讓，彷彿已成爲世界的一種定律。

我們跟中國同學曾經要好，我們曾經一起學習，一起爲彼此的夢想應援，但現實卻讓我們感受到彼此的差異、世界對我們的差異、事不關己的人對我們的差異。

我們都知道同窗情誼已經回不去了，因爲那一堵牆，會在任何有光的地方烙下黑影。

我們從此再也不能心無芥蒂地笑。

4

時鐘指針走過的同一段面積

小犽是我的國中同班同學，有鑒於那段記憶裡的悲慘，本以爲自己不會再與國中同學有任何瓜葛，但人生際遇就是那麼奇妙，我們竟然在出社會後重新相遇，甚至還變成了好朋友，並跟另外五個國中同學一起組成一個「生日卡片小團體」，每一年、每個人的生日，我們都會聚在一起，當著壽星的面明目張膽地輪流寫卡片，再一副若無其事的樣子端出「壽星早就看到的」蛋糕，一起慶祝又老了一歲，同樣的哏我們一年笑七次都不膩。

誰也沒想到，我們之中會有人先一步停止長大。

那一年，我們陸續邁入二十三歲，某天早上我跟公司請假，陪媽媽去醫院做檢查，忘記因為什麼事跟她起了口角，吵到一半的時候，正好接到生日卡片團朋友文文的電話。

「怎麼了？」還在氣頭上的我沒好氣地說。

「小犽死了。」文文強忍住啜泣，抖著聲音吐出這幾個讓人難以置信的句子。

「什麼？」我呆住了，瞬間卸下剛才吵架時劍拔弩張的模樣。

「小犽死了。」文文又講了一次，她的聲音破碎不堪。

「怎麼可能」我笑了，但眼淚卻開始掉：「妳不要騙人了。」

「她真的死了。」文文終於開始哭：「我剛剛也不相信，可是新聞上的資訊都跟小犽一樣……」

「不可能。」我媽看見我蹲在地上掉眼淚急忙衝過來，我手裡還拿著電話，抬頭看著我媽笑了：「妳相信嗎？她剛剛說小犽死了耶。」

我媽也蹲下了，一把把我抱住，我這才不顧一切地放聲痛哭：「怎麼可能……嗚嗚嗚嗚……」

稍微冷靜下來以後，我顫抖著點開手機網頁，一個注音一個注音地拼出小犽的全名，不用一秒鐘，一篇篇下著聳動標題「惡火吞噬姐妹」的新聞塡滿了整個手機螢幕。

原來在我今早打著呵欠，心不甘情不願地起床時，小犽的心臟已經停止了跳動。

當時我在一間香港商日報上班，事發隔天我失魂落魄地到公司上班，靜靜躺在桌上的日報頭版濃煙密布，我不可置信地抖開報紙，一大篇充滿戲劇張力的聳動報導瞬間印入眼簾，不只是事發過程、警方調查結果，甚至還挖出小犽與妹妹的家庭背景，以及家人的反應、同學的感受，而曾經被視爲隱私的個人資料，全都用煽情的字眼鉅細靡遺地在字裡行間展開。更讓人震驚的是，這篇報導的中間竟放著小犽獲救後抬上救護車的照片，小犽的臉上只被後製了一層薄到近乎透明的馬賽克，下方則有一個三角箭頭指著照片，寫著「姐姐救出時已無生命跡象」。

我的手指輕輕撫過那張小小的、熟悉的臉，然後將手掌握緊，任由日報頭版在我的拳中皺破。

同事從我的反應已經猜出了一二，很有默契地不討論頭版新聞，各自忙寫稿、剪片，於是我也打起精神準備做稿，點開報社內圖庫準備找資料，沒想到隨著圖庫第一頁照片一張張跑出，小犽二十三年生命裡的最後一刻，也全部展現在我眼前。我看見了完全沒有馬賽克的火災現場、我看見了小犽被煙熏得黑乎乎的身體、我看見小犽像是睡著了一樣的容顏、我看見了被救出時還有一絲生命跡象的小犽妹妹正被急救著送上車，而這些照片後方沒有對到焦的背景，全是急著捕捉姐妹倆生命最後身影的攝影機，每個都可能是我曾經的同事，甚至未來的同事。

我驚慌失措地從椅子上彈起，眼神凌亂地環顧了一圈辦公室，突然覺得頭好暈好暈，我趕緊把電腦螢幕關掉，在一片漆黑前喘著氣，小主管悄悄地走過來攬住我的肩膀，在我耳邊說：「去吧！想請幾天假都沒關係。」

於是我就眞的讓自己開始休假，跟生日卡片團的朋友們見面，一個個走進約定的餐廳時都是笑著招呼，「誒，妳到啦？」「哈囉！怎麼這麼早？」「抱歉我剛剛塞車。」我們笑著落坐，但終究笑不過一雙雙明顯哭過浮腫的眼，桌邊的空位是我們訂位時特地留的位子，店員詢問是否到齊時，我們笑笑地說「到齊了」。飯席中，我們總會有人因爲想起這一塊空缺而淚流不止，接著傳染般一起痛哭，直到有人破涕爲笑才又開始吃，但沒多久又會有人開始哭，就這樣大隊接力般地哭哭笑笑，陪伴著空位，吃著我們本以爲可以永遠一起聚的餐。

終於到了要正式與小犽說再見的那一天，姐妹倆的告別式會場以小犽最喜歡的顏色布置，兩人的照片被包圍在其中，看起來是那麼地青春有活力，一點都不屬於這裡。姐妹兩人的追思影片中，一張張證明她們曾經存在的照片，隨著特效與音樂重現在大家眼前。第一張是還包在包巾裡的新生兒時期，大人們將小犽當成寶一樣搶著抱，洋溢幸福氛圍。然後是一張張牽著爸媽的手到遊樂園玩，坐在各種動物車上手舞足蹈的泛黃照片，還沒戴上眼鏡的小犽眼睛又亮又黑，甚是可愛。進入學齡，姐妹倆穿上雖然土氣，卻擋不住她們活潑可愛的制服跟體育服。看著一張張校園身影，原來當時我們還不認識的小犽純真開朗始終如一。畢業紀念冊照片不管出自哪個國小都有類似的構圖，小犽也被迫擺出了拿著鏟子的謎之pose。還有在迎接升學壓力前，把握暑假時光與家人一起旅行的點滴。上國中後一起表演啦啦隊比賽，拿下冠軍的照片裡有小犽的身影，也有我們的。而最近一次送爸媽出國後，小犽跟妹妹兩人調皮地在返家途中幫對方拍下各種搞怪照，則是很有默契地一起出現在彼此的社群軟體封面。

誰能想到幾個小時以後，這將成爲她們一生中最後的歡笑身影。

追思影片中不同階段的小犽對著鏡頭都笑得那麼燦爛，照片凝結住的那個當下，她也許正在想像著未來的無限可能。當時的她，有如那時的我，跟你，還有妳。我們學會站立後，小小的腳丫踏出的第一步曾讓人多麼振奮，而理所當然地以為可以一直走下去；小小的嘴裡從哇哇啼哭聲，首次吐出「爸爸」「媽媽」的時候，又讓多少大人重新拾起生活的熱情與信念。小小的我們，曾經是那麼弱小又那麼強大。然後，隨著我們在時間的長河裡進化、長大，曾經能帶給人強大希望的能力卻逐漸消退，尤其當我們學會用各種字彙表達不夠成熟的想法後。

我們開始在還不懂賺錢不易的年紀，纏著爸媽滿足自己各種「何不食肉糜」的小小欲望。開始偷偷到雜貨店買各種「媽媽說不可以」的色素零嘴，染得舌頭牙齒都是紅色，回家還自以為瞞天過海，忽略了爸媽睜隻眼閉隻眼的寬容。

人性的善與惡逐漸將我們包裝完整，完整成一個平凡人。但在大人的眼裡，年輕的我們仍是那麼耀眼，而他們又是多麼願意付出所有讓我們的光芒更加閃耀。

我們都曾在爸爸哄騙著「絕不放手」的謊言中，又氣又喜地學會騎腳踏車，發現原來自己有更多的可能。也曾為了逃避升學壓力，窩在圖書館那個

「其實老師都知道只是不抓」的角落偷看《金庸》全集，在大人們不明說的守護之下，從小說堆中重新展開了夢想。

我們共同經歷的那段人生是那麼地鮮明又具體，讓我們堅信著一起描繪過的未來也將順理成章地一一浮現。上大學之後交到男友、出社會之後做著自己喜歡的工作，然後跟理想中的伴侶結婚生子……

生命在最花樣的二十三歲戛然而止，從來不曾出現在我們的想像之中。才剛成年不久的我們，還保有著參加運動會時那種只顧專心接棒，全心向前衝刺的熱血。然而這一次，我們終於知道自己未必有那麼多時間容許躊躇。

那天晚上我做了一個夢，我夢到自己跟朋友飛到日本旅遊，在可以飽覽城市風景的車站月臺上，讚嘆著沉進大樓中的粉金色夕陽有多美，因此當列車進站時我選擇不上車，急著撥通電話跟媽媽分享眼前的景色。

突然，一架飛機從樓間飛起，可以清楚地看見機腹、機翼的形狀跟零件，覆蓋住一整片視線，朋友驚呼了一聲「好近！」然後我們一起目送飛機拉高，往正在轉成藍金色的夜幕之中飛去。

而下一秒，飛機掉下來了。

「誒？」

被飛機夷平的大樓群開始冒出濃煙，身邊的人像著了魔似地一個個走上前去，面對著失事方向圍成半圈人牆，拿著手機的手舉高錄影，站在後方的我們只能透過整排手機螢幕，看見好幾個長方形框框裡那黑壓壓的煙，在各種亮度的螢幕中閃爍著不祥的氣息。

突然，整排手機螢幕爆出了火光，原來失事地點開始起火了，我再也忍不住只看著手機裡的實況轉播，而是奮力擠向前排，終於看見一團火球帶起成堆的飛機殘骸從濃煙中竄起，並以失事地點為中心，大火開始往外擴散燃燒。

「誒？」

「誒？」

「誒？」

隨著火勢越衝越近，我腳步蹣跚地向後退去，絕望地開始逃，跌跌撞撞中回首，那半圈錄影的人們似乎還沒準備好接受事實，就這樣整齊地被吞沒進火圈之中，這時我的臉頰、身體都感受到了熱浪。

「誒？」

我看見火光貼近我的眼睛，恐懼地眨了下眼，就再也沒能夠睜開。

黑暗中，我想像自己可以逃過這一劫的一百種僥倖。如果我沒有回頭，而是再往前跑一點，是不是就不會被火燒到了？如果我翻過牆跳進旁邊小學的游泳池中，是不是就有機會活下來？如果我不跟媽媽分享那片粉金色的夕陽，直接搭上那班車走的話，我的時間是不是還會繼續往前走？

這時我的手機響了，一條條媽媽傳來的訊息亮起，我讀著，卻不再有與她聯絡的可能。

當我在現實中驚醒時，臉上滿滿都是淚，趕緊抓起手機看了一下時間，正好從05：44跳到05：45，我滾下床、半爬半跑地衝進每個房間，確認家人平穩起伏的胸口跟打呼聲後，才終於抓著手機坐在地上哭了。亮起的螢幕顯示著05：46，我的時間還在繼續著。

回到工作崗位後，我點開了報社圖庫，小犽與妹妹的照片已經被每天存進來的上千張新照片推到數百頁之後。我不知道小犽照片欄位裡的關鍵字下得有多細，也許有一天又會無預警地跳出我眼前，但我腦海裡早已塡滿每個時期每個年歲她笑得如此燦爛的模樣。

她用生命讓同齡的我們看見了一個人的終點，人生也許不是我們想像的「明天再說」那麼長。

小犽，雖然妳提早我們好多，先去了一個現有科學還無法證實，只能用信仰和習俗去杜撰的神祕世界，但妳知道嗎？妳在這個世界上的每個模樣都美好得令人印象深刻，我希望總是陰鬱的自己也能像妳一樣，每一天每一天，都能有那麼多值得被記錄下來的開心時刻。

謝謝妳曾經與我們共享時鐘指針走過的同一段面積。

5

嗨，雙胞胎

「妳們看看我有什麼變化？」小犽的媽媽笑著問我們。

自從小犽跟妹妹意外過世，我們六個人在沒有特別講好的情況下，都很有默契地把小犽媽媽當作自己的第二個媽媽，雖然無法百分之百體會小犽媽媽有多痛，但至少我們可以做的是陪伴。一開始有點擔心小犽媽媽看到同齡的我們會因想到無法長大的小犽而悲傷，但小犽媽媽從來沒有表現出負面的情緒，儘管提到小犽的時候我們還是會哭泣，但在彼此共享悲傷的過程中，就像貼上人工皮一樣，明知會留下永久疤痕，但至少開始癒合了。

有趣的是，我們六個人的媽媽明明彼此不認識，卻常不約而同地催促：「最近怎麼沒去找小犽媽媽，她最近怎麼樣？」

於是我們又在手機裡創了一個媽媽群組，當然女兒們也在裡面，漸漸地，幾個家庭串連成一個彼此關心的網絡。有了與自己同齡的媽媽朋友，以及與小犽同齡的乾女兒們陪伴，小犽媽媽在提到小犽時不太哭了。我們也常在分享職場上的鳥事時說「如果是小犽一定會怎樣怎樣」，不知不覺中，小犽彷彿在我們心中重新活了過來，一同經歷著人生下個階段的喜怒哀樂。

「妳們看看我有什麼變化？」小犽的媽媽笑著問我們。

事發幾年了，我們的聚會仍舊穩定進行著，這次是約在一間鬆餅店吃下午茶。

「是不是瘦了？」我擔心地看著小犽媽媽清減的臉頰。

小犽媽媽笑著搖了搖頭。

「頭髮白了？」另一個朋友呆呆地講了這種注定要被揍的答案，正當我們已經準備把她打成紫色的時候，小犽媽媽急忙搖著手打圓場。

「這倒是啦！」小犽媽媽摸了一下自己的頭髮：「小犽她們走了以後，

我就不想再染了，就讓白頭髮統統長出來了。」

不再與歲月對抗的小犽媽媽，微笑著放下手，俏皮地說：「但這不是正確答案喔！」

一旁知道答案的朋友媽媽已經快忍不住了，意有所指地叫我們把眼神往下看，於是我們就一起往下看。

那是一顆隆起到不能再更明顯的肚子。

「啊……肚……肚……」其中一個朋友嚇到喪失語言能力。

「這個肚子……」我嚇到嘴巴闔不起來：「是……是懷孕嗎？」

小犽媽媽開心地把手放上緊綳的肚皮輕輕撫摸。

「對呀！」小犽媽媽幸福地說：「而且裡面有兩個喔！是雙胞胎。」

小犽媽媽話音未落，我已經哭出聲音，然後桌上每個人都哭了。已經五十幾歲的女人要再懷上寶寶，身體與心理上該有多辛苦，而且竟然剛剛好懷上兩個，就連平常不迷信的我也眞心認爲，小犽跟妹妹要回來了。

「好了啦。」小犽媽媽先擦乾眼淚：「還不知道是男生還女生呢！」

「不管男生女生，我們都會很愛他們的！」我們帶著滿眼的淚舉起手起誓，然後開始幼稚地分配起誰要負責教雙胞胎說英文、誰要負責監督數學功課，趁機互相爆料彼此學生時期不堪的成績過往……但這些歡樂仍不足以揮去大家心中隱隱的擔憂。

小犽媽媽的年紀跟我們父母差不多，在這個成就配額暫時飽和的時代，年輕人雖努力但尚未取得成果，儘管我們已經邁入二十歲後半，在職場中堅位置都已被填滿的狀態下，卻無法像五〇年代只要肯打拚就能獲得顯著成就，奮鬥的進程因此慢了點、長了點。所以雙鬢花白的父母多半還是選擇留在工作崗位上，彼此分擔、彼此照應，惟恐造成年輕人的負擔。小犽媽媽在這個年紀決定重新開啓未來二十幾年的重責，這將會是多大的考驗，我們似乎可以想像，卻又無法深刻體會。但在既成的事實前，我們只想好好守護小犽媽媽，並且期待著這兩個孩子平安到來。

等待雙胞胎出世的幾個月裡，我們多少都會不小心將這兩個孩子想像成

「小犽姐妹」轉世，但好在理智還是會甦醒回來打臉，提醒自己不可以拿獨一無二的生命體做比較。雖然在華人社會中，要承認孩子是獨立的個體並不是件容易的事，這對於沒有一般父母來說都很難了，更遑論失而復得的小犽媽媽。但幸好當我們聊小犽時，小犽就是小犽，仍是我們心中那善良開朗的模樣；而聊到雙胞胎，小犽媽媽會換上另一種嶄新的表情與語氣，小心翼翼地說出經歷喪子之痛後才知道其實沒有想像中容易的平凡願望：「我只希望他們能健康、平安地長大。」

雙胞胎出生了。

在小犽媽媽的勇敢與決心之下，雙胞胎平安健康地出生了。偏小的體型看起來是那麼嬌弱，但兩雙奮力蹬踢的小肥腿，卻又展現出強韌的生命力，這個世界上又多了兩條生命長河開始汩汩流淌，準備好各自沖刷出獨一無二的水道，成長、茁壯。

小犽過世已經七年，我們的生日卡片聚會不曾中斷，除了小犽的生日，還有小犽媽媽的生日、雙胞胎的生日，一年中要見面的次數變得好多好多，只是現在的慶祝程序除了當眾寫卡片之外，又多了一道。那就是每次聚會結束，小犽媽媽一定會放下不管哭鬧或撒嬌的雙胞胎，急切地走到我們身邊、踮起腳、像抱孩子一般把我們一個個緊擁入懷，然後溫柔地拍拍我們的背，在耳邊說再見，那不想再留下遺憾的情感，在心貼住心的瞬間，強烈地傳遞了過來，每一次跟小犽媽媽擁抱完，我的眼眶都是濕的。

今年我寫給雙胞胎的生日卡片是這樣的：

給親愛的N&T：

我是老王姐姐，很開心看到你們又長大了一歲，平安健康地邁入了成爲人類的第四年。依照人類一代代傳下來的育兒經驗，你們現在正是最野蠻的時候，所有長大後才會知道要藏起的欲望，像是貪婪、粗魯、嫉妒，都會在這一年被無限放出，但你們同時也會在這段奔放的時期，接受到同樣美好的善意，那就是你們的媽媽，爲了任你們瘋狂而展開的羽翼，讓你們能夠在這個年紀盡情體會人性的善惡，然後在堅定的引導下平安長大。

儘管這副羽翼不會隨著時間消失，但有一天，你們會長得更大，大過這副羽翼可以遮蓋的範圍，甚至擁有自己的翅膀，而且羽毛會蓬鬆又閃亮。展翅高飛前，一定要記得用那對翅膀抱抱媽媽，那個時候你們會懂的，會懂媽媽是多麼地愛你們。

謝謝你們，來到我們身邊，相信不久之後我們會成爲很好的朋友。

親愛的，

兩個妹妹。

6 一張順產的照片

凌晨兩點，放在枕邊的手機LINE通知音大作，嚇得我整個人滾下床，一隻手在黑暗中慌亂地尋找那支吵著討已讀的手機。由於前幾個月外婆過世，也是凌晨來的電話，心裡特別不安，導致那隻摸索的手既急迫又猶豫，終於把全家人都吵醒。

「怎麼了？誰怎麼了嗎？」媽媽忘了敲門，極度不安地衝進我的房間並打開燈，我瞬間就看到那個正被新訊息前浪撲後浪般刷個沒完的螢幕，刺耳地「噔噔噔」響個沒完，比可以直接按掉的鬧鐘還難纏。

「誰這麼晚打來？」爸爸也拿著他的手機走過來，手伸得老遠瞇著老花眼檢查自己有沒有未接來電，從他略帶緊張的語氣，我知道他在擔心奶奶。

「不是電話，這是LINE的訊息……」我鼓起勇氣點開螢幕，才發現文文老公在我們的群組裡傳訊息，說文文已經落紅正要到醫院待產。

「文文落紅了！」我驚叫一聲：「文文要生了！」

文文是我的國中同學，也是卡片團中的一員。我們幾乎每兩個月就會碰一次面，一起幫團員慶祝生日、一起跨了無數次年、一起扶持著走過心愛朋友離世的傷痛……結婚時我還當了她的伴娘，一起在大陸冷氣團帶來的超低溫寒流中，穿著衣不蔽體的美麗禮服重感冒。可以說，從少女到人妻，我們都是一起經歷的。

「喔，才落紅，那還早啦，甚至可能不是今天生。」生產界大前輩我媽安心地走回房間睡。「大半夜的是要嚇死多少人。」知道與奶奶無關的爸爸也安心地關掉手機走回房間睡。

兩次關門聲前後響起，我坐在媽媽忘記關掉燈的房裡，把手機轉成靜音，專屬深夜的寂靜再次湧來，那一閃一閃的螢幕卻讓我睡不著了。

這一天，終於來了啊。

其實知道文文懷孕的消息時，那時還不足三個月，是傳統上需要「堅決說沒懷孕」的時候。我們陪著文文一起守著這個祕密，直到解禁的那天，那個在含羞的肚皮下茁壯成人形的孩子，才終於公諸於世。社群軟體上來自各個電子設備鍵盤敲出的恭喜聲，不斷將那張照片洗上熱門，我一隻手滑著手機、一隻手下意識地摸了摸自己的肚皮，想像著裡頭有一個「我曾經也長那樣」的生命，卻換來一個冷顫。

我實在沒辦法想像自己身體裡還有一個人，而這個人在三十年後會長成與現在的我同齡的另一個人。這三十年的人生裡，他會在多少父母捨不得讓他看見的世態炎涼中，磨去曾經的天眞勇敢。又會願意犧牲多少夢想去與現實握手言和？

當我還只是一顆被探測到的受精卵時，我的父母，以及父母身邊的朋友們，是否也像此刻的文文夫妻跟我們一樣，期待我成爲一個獨一無二，卻又健康平安的奢侈存在？我的父母在那時是否已經知道，在撫養我長大的過程中，也可能同時將閃亮如鑽的期許洗成只求融入大衆的平凡卵石？

隨著月數增加，文文的肚子越來越大、越來越硬，我們知道在裡頭茁壯的是個女孩，也吸收了許多關於妊娠紋「會長在各種你想不到的地方」、胎兒「滿三個月之前都會自己帶便當」所以媽媽可以盡情亂吃等醫療新知。但這時的我們，仍在話題中堅持著少女時期的歡快與直率，直到有一天，文文的笑聲變了。

不知道從孕期第幾個月開始，文文的笑聲突然變得很紮實，紮實到覺得彷彿找到了「哈」這個字的語源。事實上，我還從沒聽過有誰笑得如此字正腔圓，但因爲私下看了太多網路資訊，擅自擔心這是懷孕中可能會發生的性格轉變，又或者擔心自己沒辦法適應變得越來越陌生的文文，所以遲遲不敢開口問。

直到預產期前一週，卡片團再次爲了慶生聚首，文文也挺著看起來隨時就要卸貨的大肚子，險象環生地出席。把握著文文身分轉變前的珍貴聚會時光，我終於在大笑了幾輪之後，鼓起勇氣問了文文笑聲的祕密。

「因為我的胃啊什麼的都被寶寶擠上來了，不能用力，只能用喉嚨笑。」文文稀鬆平常地坦白自己身體的變化，對她來說，這只是通往新世界公路上的風景，而我只站在路肩上看著。

「哇喔！」文文沒來由地發出一聲感嘆，猛地站起身來，嚇得我們急忙伸手要扶，但文文只是把手心貼上肚皮的一角，洋溢著滿臉的幸福，然後用另一隻手抓住我的手，「妳摸摸看，她在這裡踢。」文文引導我摸向剛剛引起騷動之處，但在我手掌覆上肚皮之前，一個再明顯不過的足跡已經在上頭劃過一道閃電狀的軌跡。「喔！」我發出平常看鬼片才會出現的尖叫聲，直接把手從她手裡抽走，文文不厭其煩地再次抓回我的手。

「我一開始也是嚇一跳，還被踢到不能睡，但現在機會不多啦，再不摸就要出來囉。」文文這回的手勁強了許多，我的手心就這樣被強制貼在剛剛出現閃電的肚皮上，幾秒後，我感覺到兩下小小的踏步在我掌心走起。「好神奇……」我著迷地移動著手掌，試圖再跟寶寶擊掌（或足）一次，拉勾約定「出生後見」。

怎麼也沒想到，這個約定三天之後就實現了。那雙小腳丫終於破水而出，以一個人類的姿態，從一個人類的身體裡出來。

凌晨兩點被通知聲吵醒後，我就睡不著了。眼圈隨著天光漸亮而變暗，不得已也只能頂著一雙熊貓眼趕去基隆做採訪，途中偶爾幾次訊息「打無痛了」「兩指」「還在兩指」「還是兩指」「可能要吃全餐了」「醫生說再兩指下去就要難產了……可能要剖腹」「我不想剖腹」「媽媽會努力的……」噔噔噔響得我坐立難安，簡直不敢相信孕前征服過多少屆全馬的運動健將文文，最後竟然會難產。

少女時期開著「童言無忌」玩笑的時候，都說以後生小孩大概只有文文能撐過生產痛。那時的我們還在叛逆期，每天光是逆著親媽頂嘴吵架就夠忙了，絕對沒有空閒去理解想像所謂懷胎十月生小孩的艱難過程，只有在健康教育課時知道好像「比牙痛還痛」。然而現在，文文正在經歷著顯然被輕描淡寫很多倍的痛，之前原本約好要陪她進產房一起努力的，現在卻只能困在工作現場，被動地等待著讓人心驚膽跳的噔噔噔聲。

終於在十個小時後，手機傳來了一則連響聲聽起來都很疲憊的訊息：

「母女均安。」

「生了！」我在辦公室尖叫著站起，同時手裡已經開始收書包關電腦，順便檢查了今天工作拍攝後的相機電池還有多少電。

「什麼生了？」主管一臉茫然地看著我一副堅決下班的樣子，抬頭看了下吊在天花板上二十四小時播送新聞畫面裡的時間，發現距離下班還有三個小時。

「我朋友生了……」我一肩揹起包包，另一手把相機掛在脖子上，急急忙忙地經過主管身邊：「今天的稿子全交了，我要先走了。」

「欸！等等！」主管急著拿起公文夾當路障攔住我。「妳朋友生小孩也要去？現在是上班時間欸！」主管裝腔作勢地抬起左手腕，才發現那裡沒有錶。「我的意思是，這關妳什麼事？」

「那我上週連續無薪加班、今天因採訪行程提早三小時上班，這個是不是比較關你的事？」實在趕時間，我直接犧牲自己本就微不足道的勞工權益，辦公室最忌諱的「勞基法」三個字差點脫口而出。

「呃……好吧。」主管整個身體轉向電腦一副很忙的樣子：「我什麼也沒看到。」

「嗯對，該看到的時候你總是什麼都沒看到，現在我希望你繼續保持這個技能。」我朝主管的背影嘉許地點點頭，頭也不回朝著醫院奔去，背後傳來一聲疑似摔滑鼠的噪音，那才眞的不關我的事。

到了醫院，我走進第一次踏入的婦產科病房樓層，一扇扇粉色門板替幽長的病廊添上些許溫馨，護理站櫃檯上貼了幾張卡通圖案的雷射貼紙，裡頭的護理師朝我笑了笑，熱心地指引我到文文的病房。

「媽媽剛從產房上來，會有一點虛弱。」護理師輕聲地說：「但是她很勇敢喔。」我敲敲粉紅色的門，手隨便抹了一下臉，把掉下的眼淚擦掉。

「妳竟然趕來了！」文文媽媽衝到門口迎接我，難掩喜悅地拉著我的手進病房，文文仰躺在床上一動也不動，滿臉都是從棉被蓋住的身體裡蔓延上來的疲累跟不適，看起來沒有太多當媽媽的喜悅。

原本預期會看到文文笑得很甜，像所有我在社群軟體上看到的新手媽咪生產照那樣洋溢喜悅，完全沒料到會是這麼虛弱的狀態。我不知所措地看著其實是沒力氣做出情緒反應的文文，結結巴巴打了個無趣的招呼：「恭喜妳卸貨。」

「哈哈哈！」文文的笑聲恢復了：「寶寶在樓下嬰兒室，再半小時就不能看了，妳快下去看她。」

「好的。」我拿起相機，換上人像定焦鏡：「我去幫寶寶拍照囉！」語畢，我背對文文快步走出病房，因爲感覺自己只要再多看一眼病床旁的文文媽媽，滿臉心疼地牽起剛成爲媽媽的女兒的手的景象，眼淚就會奪眶而出。

究竟一個女人是從何時起，變得能夠接受身體裡有另一個生命在長大？而且還得獨自承擔著肚裡小孩的健康，忍受著臟器的位移、身體的變化，最後還得將自己的一部分撕裂才能把小孩生出來。是因爲已經成功已是過來人的媽媽在旁一路陪伴，所以產生了勇氣嗎？此刻的文文在拉起媽媽的手時，是否感受也變得不同了呢？

逃亡似地走到嬰兒室，跟樓上的病房相比，這裡實在熱鬧，長長的玻璃窗前站了一整排爸爸，或踮腳或彎腰地不斷變換姿勢，拿著手機拍下其實不用搶也拍得到的自己的寶寶，我在密密麻麻的雄性後腦勺中，勉強辨認出文文老公。

「喔！妳來了！」文文老公依依不捨地將視線從玻璃窗移開，看到我手中的相機時眼睛一亮：「哇！全場妳最專業！」

「寶寶這輩子的照片都交給我吧！」我成功用專業相機換來觀嬰窗第一

排座位，在兩個放聲痛哭的男嬰中間，看見了文文的寶寶，獨自在象徵女孩的粉色包巾裡睡得香甜，我趕緊舉起相機，將這個才來到人世幾小時的睡顏裝進相機裡。

回到病房後，文文媽媽開心地按著相機裡一張張高清粉嫩的寶寶照，問說可不可以幫文文也拍一張，她想發臉書。「現在還沒人知道文文生了。」興奮的文文媽看起來已經無法壓抑期待：「我想用妳拍的照片合成一下炫耀給朋友，我當外婆啦！」

於是我努力對著已經累壞的文文猛按快門，試圖拍出所有生完小孩的媽媽們都會分享的照片，突然發現好像少了什麼。「咦？沒有小孩跟媽媽的合照嗎？」我放下相機，文文也趕緊鬆開極力撐起笑容的臉部肌肉休息，文文媽媽看了一眼文文，文文輕輕點了點頭，文文媽媽才拿出手機。

「我們其實有拍，但只能這樣給妳看。」文文媽媽點開相簿，手指懸在螢幕上方一公分：「這張照片不能外流……」

原本以為所謂的「不能外流」是因為衣衫不整，或是場景太鮮血淋漓的緣故。我接過文文媽媽的手機，螢幕上亮起的主要構圖是躺在產檯上、臉轉向鏡頭的文文，紅紫色的寶寶就躺在文文下巴前面，沒有血也沒有露點，最大的問題是文文的臉，

文文直視鏡頭的雙眼裡，裝滿快門差點凍結不住的驚魂未定，傳遞出強烈痛楚與恐懼的淚水凝在眼眶周圍，在接好的長睫毛上閃著碎光。哭紅的鼻子裡插著氧氣管，下方是正竭盡全力上揚的嘴角，幾縷被汗浸濕的黑髮夾進臉上扭曲的條條肌肉中。這一刻的她，若只看上半臉實在不像媽媽，反倒像是歷劫歸來的孩子，正無助地望著鏡頭求救。但距離哭得生龍活虎的寶寶最近的下半臉，因疼痛扭曲的肌肉下綻放的笑顏如此燦爛，勾起的唇角滿載感動與喜悅，笑得好幸福，兩種極端衝突的表情同時出現在文文臉上，既喜又痛。原來，這才是真實的產後照片。

「好險妳沒有進來陪產。」文文小聲地說，看了一眼老公：「我們都覺得妳一定受不了。」

「嗯？為什麼？」我裝作沒被那張照片震撼到，故作輕鬆地問。

「妳眞的不行……」進去陪產的文文老公眼神突然迷茫：「助產士每個都壯得跟牛一樣，騎在文文身上，兩顆拳頭就這樣壓進她身體裡，深到根本看不到拳頭，就是壓到底了。」文文老公回憶著：「那簡直不像是對待一個人類身體的方式，爲了讓小孩出來，我們只能任由文文被擠壓、剪開……而且還不能叫。」

「因爲叫了就沒力氣了。」文文補充，一隻手安撫著因回憶過程再次受驚的老公：「所以妳看連續劇裡那些一邊叫一邊生的，才是眞的難產咧。」文文試著緩和氣氛，但還是得做個收尾：「不過最後因爲快要難產，又不想剖腹，只能靠眞空吸引把寶寶吸出來。」

「那個血眞的……」文文老公講到一半，我已經很清楚他們爲什麼會覺得我會受不了。

我們都是在有愛的家庭被呵護著長大，從小被教育著要保護好自己的身體。青春期發育後，逐漸變得玲瓏有致的身型及隆起的胸部、位置慢慢變對的五官，都喚醒我們對外表的重視。爲了維持漂亮的胸型並且方便穿搭，總會去內衣店精心挑選同時具備包覆集中托高力，又有時髦肩帶的內衣。爲了穿上能拉長身材比例的窄裙或高腰緊身褲，只是長了點小腹就像世界末日。爲了不讓辦公室的社會生活養成大屁股，還會相約運動去維持臀部線條。

一直珍惜著、維持著長大的身體，卻在進入孕期後開始走樣，記得文文剛開始還會試著跟妊娠紋搏鬥、參加別人婚禮時還堅持要穿高跟鞋，「不然洋裝比例不好看。」希望自己帶著孕肚也能美美的。但是到了後期，隨著肚子變得又大又硬，身體越來越不舒服，這些愛美的想法都沒了，只求上了產檯能母女均安，沒想到上了產檯，卻又是另一個戰場。

產服下一絲不掛的身體，在劇痛中得忍受產道口被剪開、拳頭一次次重壓，對身體做了這麼多破壞，小孩卻還是出不來，只能在醫生的催促下同意使用帶有風險的眞空吸引，強忍內心的不安看著冰冷的機器吸著小孩的頭，強制將這個釘子戶抽離，這才聽見宣告出生的啼哭，然而這副殘破不堪的皮囊卻沒有時間百廢待舉，只是在針線與藥物的輔助之下，暫時修補回人的形狀，但剛縫合的下體與生產時太用力導致的外痔，讓她坐下痛、躺下也痛，還得開始每四小時一次哺乳的生活，原本漂亮的乳房在一次次扭轉中變得又長又垂，最後甚至直接放棄穿內衣，一有感覺就掏出來，熟練地用擰抹布的手勢擠奶，一滴一滴珍貴地接著，只為了讓寶寶能吃飽。

我們曾經也是一絲不掛，帶著在母體裡被呵護得健康完好的身體出生，長大的過程被捧在手掌心，一點小病也讓爸媽急得半死，但到了生產關頭，我們卻得獨自面對身體的各種變化與疼痛，只為護送新生命出世，哪怕我們已經知道這個世界的黑與白。

「拍這張照片的時候，我下面還在縫欵，超痛的，超級痛！」小文接過媽媽手機再看了一次那時的自己，翻了個白眼：「就不知道為什麼要在這種時候給我拍照。」

「機會難得啊！小孩就只有那麼幾秒的時間可以一出生就跟媽媽合照！」小文媽媽搶過手機，珍惜地看著那張照片：「這眞的是看一次就會想哭一次。」

「所以說幹嘛要接睫毛？」人生哲學是只活一天，但那一天總是很長的小文老公說：「拍完還是很醜啊！」

「才不會醜咧！」我們齊聲幫小文抗議，大家一陣鬨笑。

這張照片當然一點都不醜，它是一個女孩勇敢撕扯開自己的身體，告別過去、迎接未來的珍貴瞬間。

7

七年級生們

「七年級生」可說是臺灣專屬的名詞，不僅是中華民國曆法才區分得出的世代，同時還被稱爲「草莓族」，這也是臺灣近代史上少數被貼上這麼持久的標籤的世代，也是五六年級、八九年級生都沒能擁有的響亮名號。

有著美麗外表，但是一碰就爛，大多數人都認爲這是用來揶揄七年級生抗壓性不夠，但回頭看一下七〇年代臺灣社會的動盪幅度，經濟起飛身列亞洲四小龍、「中華臺北」重返奧運、民主進步黨成立、戒嚴到解嚴、學運、民選、精省……各種象徵著「改變」的事件，也全發生在這段時光之中。那麼，「草莓族」一詞，是否也可能是希望延長「舊日美好」的大人們，進行無謂掙扎時所丟出的包袱呢？而且這一掙扎，就是十年、二十年。

七年級生的童年歲月，正好就是在上個世代於經濟起飛中打拚出的家園裡安然度過，並在大中華思想孝親禮讓仁義道德的教養下乖巧地長大。然而成長到一半，民主自由、兩性平權、國族認同的意識急速抬頭，智慧電子用品好像彈指之間就普及全世界，將整個地球村濃縮在你我手裡的小螢幕，人生，突然多了無限的可能。

在各種認同混亂之中，我們努力掙脫過去的思想勒索與掌控，帶著煥然一新的熱情步入社會生活，卻面臨了職場上所有權位仍被「緊守著過去努力掙來的榮光」「保守不願改變」的上個時代穩穩坐走，而七年級生們只能任由自己被光陰推上世代衝突的第一線，在「我們那個年代就是這樣」「是你們不夠努力」「現在的年輕人怎麼都這樣」「真的是草莓族啊」等槍林彈雨中，艱難地匍匐前進，偶爾感到疲憊時眼前總會出現岔路，選擇安穩地打造昔日榮景的道路看起來平坦舒適，堅持與世界脈動搶快的道路卻布滿荊棘。

七年級生處於一個特別的世代，我們還小的時候便有幸見到上個世代的光輝餘韻，並在其中成長茁壯，然後又在科技掀起的新風暴中，搭上學習的順風車。我們明明是同時具備上一代堅毅與下一代新意的富人，我們明明可以將世代差距溫柔揉合，但爲什麼，總是在世代之間被拉扯，甚至被掐住對上一代的同理心，用已經過時的個人經驗執行情緒綁架，試圖延長他們在這個世界中的影響力。

被迫披著草莓鋒芒長大的七年級生，終於在今年全數踏入而立之年。到醫院看病時，女生手上的批價單開始增加了一張「免費子宮頸抹片檢查通知單」；填問卷時在年齡層分布的那一行開始必須往後勾一格；身邊的各種哥各種姐也會因著我們長大而開始感嘆世代輪替。

我們沒有幫八年級或九年級生命名，身爲唯一一個「被正名」的世代，仍得跟絲毫不打算退位的老屁股纏鬥著，他們說：「時代變了，年輕人薪水太低又出不了頭，不想讓孩子爲了負擔自己的老年支出，活得那麼累。」

但又有誰願意揭開蓋住七年級生的草莓面紗，直視我們這個世代發生的故事呢？

三十年前，西元一九九〇年，民國七十九年，那一年的臺灣還沒有全民選舉，是由國民大會票選決定總統。原本已接替蔣經國剩餘任期的李登輝，毫不意外地脫穎而出，正式展開第一次完整的任期，臺灣社會也在同一年野百合學運的推動下，加速了民主運動的成長，不只第一屆「民選臺北市長」「民選高雄市長」陸續誕生，第一屆「民選總統」也在一九九五年翻開歷史新頁，我們正式成為華人世界裡，第一個邁入民主時代的國家。

這樣的社會氛圍下，我出生了，出生在臺灣人口中的「外省家庭」，爺爺是警察，隻身一人隨政府遷臺。後來身懷六甲的奶奶為了隨夫，身上掛著三個孩子擠在船板上，在洶湧的浪花中晃啊晃的也到了臺灣。只是他們都沒料到，這一來就是永遠，再也回不去了。

於是他們只好在這裡繼續生子、成家，一邊看著臺灣走向與祖國背道而馳的民主之路，一邊在回憶對岸種種美好中澆愁。他們那以「祖國為傲」的氣韻，總會在對外介紹「我是外省人」時露骨地表現出來，所以我從小就是在「祖國懷抱」的氛圍下長大。

那時候不論是學校、補習班還是申請什麼文件，表格上除了「出生地」，還會有一欄「籍貫」得填，當時的我總會用驕傲的心情填上爺爺還在中國時的戶籍地「天津」。明明我生在臺灣，長在臺灣，但爸爸那邊所有的親人總是用帶著鄉音的語調告訴我「妳是中國人」「我們外省人跟臺灣人不一樣」。甚至在學校時，同樣填上中國籍貫地的同學們還會有自己是「混血兒」的錯覺，其實這個認知，就已經說明了上上一代的「中國人思想」、上一代的「眷村回憶」已經逐漸淡化，在臺灣這片土地上接到傳承的時光接力棒時，跑道上的我們已經覺得自己是「混到兩國」的血，但又同時以「籍貫地不在臺灣」為傲。這種邏輯混亂，拿到現在來講一定會被酸爆的政治不正確言論，只能說好險那時網路還不那麼普及，讓我們能在資訊傳遞緩慢，相對和善的社會氛圍下，不溫不火地在長輩的教育與現實的體會中，自己摸索著答案。

我們這一代，小學時用的電腦還都帶著厚重的屁股，第一堂電腦課得先學習往漆黑的畫面裡輸入一串串綠色原始碼，網路以撥接上網最普及，撥接的聲音又大又冗長，簡直是實體防火牆，完全無法瞞過大人偷偷上網，多半還處於能輕易被管理電腦使用時間的狀態。那時的我們並不知道，網路有一天會強大到什麼都做得到、什麼都買得到、什麼都搜索得到，厲害到讓人不自覺地放棄思考能力，意志稍不堅定就會迷失在網海中，四處擺盪。

電腦對我們來說是什麼呢？除了「皮卡丘排球」「小朋友齊打交」「小朋友下樓梯」，就屬「豆豆聊天室」了。登入時會先幫自己取一個跟汽水有關的代號，再挑一個顏色的聊天室，隱瞞眞實年紀，跟裡頭名字同樣夢幻的網友聊天，就感覺自己似乎已達成涉足大人世界的偉大成就。甚至還有同學把「豆豆聊天室」偷偷存在「我的最愛」頁籤裡，搞得老師頭很痛。至於買東西？郵購冊裡的商品絕不會讓人失望，各種印著中文或英文姓名的連續章、畫出來亮晶晶的彩色原子筆、父母很怕我們誤食的香香豆，總是塞滿配備有迷你彈珠檯的鉛筆盒。

西元一九九九年九月二十一日，深夜連續幾段「甩動等級」的強震，幾乎把全臺灣人的膽子都震碎。還記得那一天自己被地震搖下床，再被媽媽一手從地上撈起，塞到牆角的梁柱下放著。眼前的牆壁爬滿了龜裂的細痕，窗外傳來冷氣機一一墜落的聲響，一家人就這樣瑟縮在牆角，彼此抓緊彼此，在恐懼中疲憊地睡去，之後重新打開電視才發現，這一夜，許多臺灣人再也沒能醒來。

九二一大地震的傷痛還未平，又爆發謠言指出「癱瘓全球電腦的千禧蟲」即將跟著二〇〇〇年一起到來，那年我正要滿十歲，幾乎是在歷劫歸來的心情度過。然而對大人們來說，還有更值得焦慮的事情，那就是代表民進黨參加總統大選的候選人陳水扁因為災情，隨著逐漸改變的社會氛圍，帶著臺灣迎來第一次政黨輪替。

記得選舉前夕的街道上，處處可見選舉旗幟飄揚，小小的我把旗海當成了迷宮，邁開短短的小肥腿，努力地在其中跑著S形，心裡還自訂規則「看到深色磁磚要跳過去」，就這樣專心地獨自挑戰著沒有人知道的挑戰。在那個沒有手機跟電腦不普及的年代，童年的快樂就是這麼地樸實無華。

突然一陣巷風吹起，霎時間眼前印在旗幟上的藍藍綠綠統統黏上我的臉，被遮矇視線失去方向感的我，最後跑進巷口的菜市場，遇到媽媽買菜的菜販，禮貌地上前打招呼，結果竟因我不會講臺語就被指著鼻子直罵「死外省囝仔」，然後轟了出去。

我難過地跑回家轉述這一切，避風港裡的大人安慰我說，都是因爲這一區太綠了。「可是我沒有顏色！」我哭著抗議，大人們聽完笑了：「有啊，我們家是藍色啊！」

藍色在我們家是多麼高貴的顏色，沒有戰爭，沒有挑釁，安安靜靜地待著就是和平，一片祥和的社會，正是人民最大的願望。這個家裡誰都沒能想到，幾天後，臺灣就從藍天變成綠地，全臺大多數人都在歡慶民主的推進，只有我們家一片死寂，偶爾說起的幾句話都是在討論「要不要移民？」「要不要回去中國？」「待在臺灣被飛彈炸死太冤了。」

「我們要死了嗎？」我天眞地問。「不會，但妳一定要記得自己是中國人。」長輩含淚說。

這個「飛彈說」，之後有很長一段時間成爲生活中暗自湧動的不安定因素，我甚至還不知道從哪裡聽來，說如果飛彈眞的飛過來，「去故宮博物院比躲防空洞更安全」，理由就是因爲裡面裝了太多「中國國寶」，中國共產黨是不可能把它們炸飛的。

接著，在各種教改中掙扎著長大的同時，時代受到已經比「日新月異」更快的科技影響，變得又快又急。隨著一九九八年Google上市，驚人的搜尋數據造就了「凡事問Google」的風氣，逐漸取代蕃薯藤，導致許多蕃薯寶寶被棄養。跟朋友維繫感情不再需要交換六孔活頁紙或交換日記，直接用e-mail、MSN或手機傳簡訊、打電話就行，更潮一點的人則是會用Skype跟無名小站。大學三年級時，班上出現第一支iPhone 3GS以及第一部純白色的MacBook，預告了蘋果公司未來驚人的市占率，以及隨之劇變的生活習慣。

受到突然暴增的海量資訊，以及逐年堆疊起的知識影響，我終於明白自己該恐懼的不是飛彈，而是那些不願與時俱進的思維，我鬆開一直以來緊抓住的「籍貫地」救生圈，開始在被一波波浪花拍打出的全新海域中游起來，游向自己決定的方向。

我們存在的時空背景中，有一段銜接起新舊世代的中繼點，讓我們能夠包容體諒上個世代或上上個世代對專制體系的懷念。但兩岸之間的距離早已隨著民主意識的高漲、兩性平權的實踐、多元成家的開放漸行漸遠，既期待臺灣改變，又不忍傷害長輩的我們，再次被利用成選戰工具，繞進各種撕裂世代的招數中，扮演著藕斷絲連的那幾根纖維，繼續在各種認同裡，在這片名爲家的土地上尋找自己。政治，從來都沒有離開過臺灣人的生活。

雖然七年級生沒能親身經歷臺灣歷史上各種血腥的進程，但這並不代表我們無法體會其中的波折與成就。只是，等待著我們的明明是明天，爲何總是要求我們，要抓住逝去的時光度日？

幾年前一次上班的途中，不幸遭遇突如其來的雷陣雨，而且還下得又凶又猛，就算撐起傘都可能會半濕的程度。一陣慌亂中，跟著一樣沒帶傘的上班族衝進便利商店，一陣爭搶後奪得架上最後一把雨傘，這一個折騰，上班就快要遲到了。

爲了趕上打卡時間，牙一咬、心一橫，撐著搶到的雨傘走到路口攔了計程車，上車報完目的地後，手不小心碰到口袋裡的錢包，這才想起自己這個月還沒領錢，身上的現金在剛剛買傘以後所剩無幾，我只好向司機坦白身上沒有錢了，請他在下一個路口放我下車。

「雨下那麼大，在那裡下車做什麼？」司機抬眼看著後照鏡裡正在數零錢的我：「安全帶繫好，我會載妳去上班的。」燈號在滂沱大雨中由紅轉綠，司機艱難地趴在方向盤上確認後，踩下油門：「人都有不方便的時候。」

我低著頭說了聲謝謝，不好意思地撥了撥眼前的濕髮，仍難掩坐立難安的姿態，司機觀察到我的不安，用輕鬆的語氣搭起話來：「妹妹今年幾歲啊？看起來還很小欸！怎麼就在上班了！」明白司機的溫柔，但仍然對自己搭霸王車的舉動感到不好意思，只能怯生生地回答：「二十五歲。」

「哇，跟我女兒一樣大。」司機瞥了一眼垂掛在後照鏡上的小相片，上面隱約有四個人的身影，幸福地依偎在一起。「你們這一代眞的是辛苦了。」司機一邊迴轉車身一邊感嘆：「你們喔，就是一個不管怎麼努力，都無法獲得對應成果的世代，然後還要被說成是草莓族。」司機生氣地敲了一下方向盤，看向後照鏡與我對視：「妳有沒有被講過是草莓族？」我對著後照鏡點點頭。

「唉，我眞的是不懂。」司機的視線重新轉回正前方，雨勢越來越大，他順手加快了雨刷的速度：「那些人在講你們草莓族之前，怎麼不先想一下是誰種的草莓？」

「我們這個時代被稱爲嬰兒潮世代，好像把資源都吸得一乾二淨了，卻總要求你們要活得像我們以前一樣。」司機轉了個彎，窗外的景色變得熟悉起來，距離公司不遠了。「你們眞的辛苦了，知道嗎？」司機精準地停在公司大門口的正前方，拉了手煞車，開了燈：「但是事情會好起來的，千萬不要放棄夢想。」

這出乎預期的好意，讓不論心情還是戶頭都很貧乏的我，在後座痛哭了起來，感覺一直背負在身上的迷惘與壓抑，正被司機溫柔的語句輕輕拍落。司機見狀趕緊抽了兩張衛生紙，轉過身遞給我微笑：「加油喔！祝妳一切順利。」

我彷彿看見，在剛搬完家的新家中，一個忘了關起來的抽屜裡，裝滿一整疊小學時寫過無數次的「我的志願」作文紙，在窗外狂風吹拂下一張張飛起，壓在最下方的泛黃稿紙露了出來，格子裡爬著稚嫩的注音符號，以努力不超線的姿態拼出了：

ㄨㄛˇ ˙ㄉㄜ ㄓˋ ㄩㄢˋ ㄕˋ，ㄉㄤ ㄧ ˙ㄍㄜ ㄩㄥˇ ㄍㄢˇ ㄕㄨㄛ ㄔㄨ ㄓㄣ

ㄒㄧㄤˋ ˙ㄉㄜ ㄐㄧˋ ㄓㄜˇ……

狂風逐漸平息，慵懶的陽光從被吹散的雲間撒落出來，斜斜地撫平了整疊稿紙，將曾經不向現實妥協的初衷繼續封存。

西元二〇二〇年，民國一〇九年，我坐在七年級末班車的第一節車廂裡，率先壓過負載更多社會眼光的三十歲邊境線。終於，這批一路甩不開「草莓族」稱號的七年級生，在這一年全數加入輕熟的年歲，在車輪與軌道擦出的世代火花中，終有一天，我們會開過冷冽的寒冬，蛻變成紅寶石一般亮眼香甜的草莓。

第三話：媒體叢林裡的槍林彈雨

1

第一次應酬就中毒

剛出社會的第一年，是在某集團的媒體事業體下做兩岸紀錄片，當時還是覺得自己沒資格爭取薪水的天真年紀，單純地在面試時傾倒滿腔的熱血，任由公司笑著低價收購自己。同期到職的同事有男有女，一開始我們做的工作並無太大的不同，爲完整臺灣過去的故事而採集口述歷史。

我在全臺眷村、老兵與各大資料館之間奔走，參與企畫、討論劇本、進後製剪片，隨著紀錄片製作上了軌道，瑣事漸漸多了起來，加上同一時間原本負責行政事務的同事離職，不知從哪一天起，在企畫會議的途中，會叫我去泡咖啡，並要盛好一杯一杯地端給與會同事；劇本研擬的過程中，會單獨支開我，去處理其他同事的出差帳務；我負責的影片要進後製時，會很巧合地喚我去打掃片庫，再順理成章地改由其他男同事接手，輕鬆端走我四處奔波才拼湊出的歷史段落。最後，連寶貴的午休時間都不再屬於我，因爲我得在辦公室裡等主管們吃完午餐，然後負責整理刷洗他們留下的杯盤狼藉。但同期的男性員工卻能傾盡全力投入創作之中，並能在午休時開開心心地到外頭吃飯聊天搏感情。

「沒事的。」我試圖正面思考，「第一份工作，多做一點都是經驗。」我每天都在鏡子前這樣安慰自己。

不久後的某一天，我被通知收拾東西，改坐之前離職同事的位子，並在維持原本外勤職稱的情況下做起行政事務。我不再外出採訪，而是改替外勤同事作帳跟整理資料。辦公桌上，企畫單跟腳本稿陸續被收據與公文取代，還原臺灣歷史眞相的熱忱，也逐漸淹沒在整理同事們的流水帳之中。我再也看不到老兵們熱淚盈眶，帶著鄉音訴說我們這一代沒能經歷到的動盪與哀愁，每一天最大的挑戰，只剩那從濾紙滴滴答答落下的咖啡是否對主管的味；能去到最遠的地方，是位在走廊盡頭的茶水間。早上去茶水間幫主管的保溫瓶預先裝進九十度的熱水、中午去茶水間洗一次主管們用完餐的餐具、下午再進茶水間洗一次會議中同事們喝過的咖啡杯、下班時要幫主管把早上的保溫瓶拿去茶水間清洗並晾乾，這時如果有同事要洗杯子，也絕對是「讓我順便拿去茶水間洗」。

「沒事的。」我繼續正面思考，「第一份工作，努力之後一定會有回報的。」我一邊刷洗著一整缸都不是我的杯子，一邊安慰自己。

儘管這樣的工作內容與我當初進公司時的目標截然不同，但我仍然沒有懈怠，還在天眞地以爲「機會就是留給準備好的人」，就算只是內勤，就算只能到茶水間出差，我還是每天都把自己打理好，並抓緊空隙時間研究當下時事，思考還能做哪段歷史題目，這些自發性的企畫與提案在主管眼中都很好、很上進，但她就是「缺個女生」來處理行政工作。

一天快下班前，主管突然從自己位子走出來，大聲叨唸著晚上有個飯局，「你們一定要有人跟我一起去！」她對著我的同期男同事們說：「我們之後拍片有很大機會要跟這些人打交道！」

「太晚講了吧！」「沒有空喔。」「我有約了。」男同事們紛紛收拾東西，一個個事不關己地下班，主管急得跳腳也攔不住這些歸心似箭的主要戰力。就在這時，主管餘光瞥到在一旁等著洗她保溫瓶的我。

她那刷著濃長睫毛膏的眼皮下，黑色的眼球骨溜地掉進年紀沒能撐住的下垂眼尾，上下快速移動打量了我幾趟。「嗯，妳今天穿這樣好像還可以。」她微微翻了一個白眼，眼球又重新回到正中央，不再看我。

「唉，就妳跟我去吧。」她轉身走回座位，拎起她的香奈兒包包，我低頭看了看身上的黑色及膝長袖洋裝，還以為自己的機會終於要來了，畢竟是跟拍片有關的飯局嘛。

下班後，主管帶著我及另一個女同事出發去參加活動，進了會場，我才知道這根本是場大型酒局，每張桌子都擺了五瓶以上的58度金門高粱，與會人全都是酒國民族，有原住民、蒙古人及中國人等，已經與其他媒體高層喝到爛醉，明明是戶外的場子，酒精味卻濃到散不去。

這是我出社會後第一次參加應酬，看著主管跟女同事行雲流水地與大家乾杯寒暄，對這一切都感到陌生的我顯得局促不安，任由臉上明目張膽地掛著「今天絕對不喝酒」的決心。好在主管也沒強迫我，讓我靜靜地坐在位子上，不斷祈求活動快點結束。然而隨著桌上一瓶瓶高粱被清空，大家行爲越來越失序，看著主管跟女同事因酒氣衝上頭，頂著紅通通的臉頰在各種毛手毛腳下咯咯傻笑，我的雙手，不由自主地抓住黑色洋裝的裙襬，越抓越緊。

這時，蒙古人們突然換上傳統服飾，開始一桌一桌獻起「哈達」。生絲織成的長方形絹布「哈達」在蒙古文化中，是拿來當作祝賀或表示敬意的禮器，本來應該在活動一開始就該進行的，不知爲何等到所有人都喝歡了才拿出來，而且被贈送哈達的人，還得喝下整碗金門高粱作爲回禮。看著一個個被強行灌下高粱的人不是昏倒就是噴射嘔吐，實在怵目驚心，終於在一陣混亂中，獻哈達的隊伍來到我們這一桌。

「這位姑娘看起來太清醒了吧！」其中一位蒙古人發現了我，他頭上的帽子已經歪了。「就是妳了！」他興奮地一指，身後的蒙古女孩兒隨即唱起蒙古歌謠，拉起哈達踩著翩翩舞步圍著我，轉了起來。

「不了，我喝不了。」我在被揮舞成波浪的哈達中奮力搖手。「怎麼辦，我真的喝不了。」我轉向我的主管求救，但她已經喝到兩眼無法對焦，根本無法察覺我有多害怕。隨著歌聲快要結束，我在一層層哈達的後方，看見酒碗已被盛滿。

「我不能……我不……」我的拒絕聲逐漸被中國人、蒙古人的吆喝聲壓過，結束舞蹈的蒙古女孩把哈達掛上了我的脖子，我身後的蒙古人抓住我的肩膀，把酒碗放到了我的脣前，58度酒精味就這樣暴力地竄進鼻腔，引起一陣暈眩。

「喝！喝！喝！喝！喝！喝！喝！」整個場子的人圍著我鼓動，但我仍緊閉著嘴，絕望地做最後掙扎。「姑娘，妳這不喝下去，」抓著我的蒙古人佯裝不滿地說：「不給我們面子就算了，還掃興！掃這麼多人的興！」他掐著我肩膀的手越來越有力，我開始覺得痛。

「沒事的。」我催眠自己正面思考，「一口而已，我可以的！」我舉起雙手捧起酒碗，想著就只沾一下，怎料抓著我的蒙古人卻突然使勁，用蠻力將碗裡的高粱全部灌進我的喉嚨，那原爲禮物的哈達瞬間變成限制行動的繩子，讓我無法掙脫，只能無助地被灌了一碗再一碗，又苦又辣的液體在我體內迅速燃起，當酒碗掉到地上的瞬間，我就像坐上轉速全開的旋轉木馬，轉著轉著，腳下的地板也開始崩裂。「地震！」我大喊，卻只聽到一陣笑聲，我隨即重摔在地，捲在一起的水藍色哈達也跟著散開，在我身旁綻放出一池靜浪，我就像躺在池水之中，呼吸漸漸急促，看著不斷高速旋轉的世界逐漸昏暗。

我記得的最後一件事，就是看著主管把已經癱軟的我留給同行的女同事，自己搭著她老公的車揚長而去。

再睜開眼，周圍已是一片漆黑，我困惑地轉了轉腦袋，頭痛欲裂。然後眼前突然亮了起來，好刺眼，好想遮住這片光，可是我的手卻無力抬起。

「妳醒了！」兩張熟悉的臉孔再度替我擋住了光。「醒了就好……」我聽到啜泣聲，這才發現自己躺在家裡客廳的地板上，而爸媽正跪在身邊，擔心地望著我。

「妳剛剛呼吸好淺好慢，幾乎要停了。」媽媽拿起毛巾擦了擦我，「全身還一直發抖，一直口吐白沫……」我這才聞到自己身上的氣味，猛然又一陣乾嘔。

「我們還以爲要失去妳了……」我媽哭了，還拿同一條毛巾擦自己的臉，「好好的一個女兒，怎麼會被抬著回家……」

原來在我失去意識之後，是女同事陪著搭計程車先送我回來，再回自己家的。據說我整趟車程一直吐，吐了整整兩袋，而且因爲完全失去意識，身上又有髒汙，除了爸媽根本沒人敢碰我，最後是出動社區的行李推車（就是高級飯店那種戴著白手套服務人員推的，金色拱門狀的行李推車）才把我推回家。

「喔，天哪！」我虛弱地崩潰：「好丟臉……」

「丟不丟臉那才不是重點！」媽媽氣得邊哭邊拿同一條毛巾打我，好想叫她換一條新毛巾。「重點是我們差點就失去妳了！」

本來計程車門一打開，爸媽見到已經吐到相當陌生的女兒，嚇到想直接把我送醫院，但常載醉客的計程車司機卻說，依我現在吐的狀況最好先不要亂動，不然被嘔吐物噎到或嗆到，一下就走了。爸媽只好盡力維持我原本的姿勢，小心地把我運回家，放在客廳地上後，媽媽充分發揮自己身爲數學老師的專業，仔細觀察我嘔吐的角度與分量，隨時調整我的脖子跟坐姿，確保一路暢通無阻。同時間，爸爸氣急敗壞地打給我的主管，一接通就開始罵她明明也有女兒，怎會讓別人的女兒喝成這個樣子？而且身爲一個主管竟然丟下已經失去意識的員工，自己先回家了？

「我還沒幫妳換衣服，」媽媽注意到我在皺鼻子，「想說等妳完全吐完再換，不然要洗好幾件衣服。」語畢，她笑了，我也笑了，可以討論怎麼洗衣服，原來是這麼幸福的事。

浩劫歸來的我，雖然醒了卻還像洋娃娃一般四肢軟趴趴無力動彈，但又受不了自己一身臭，只好任由媽媽幫忙換衣服洗澡，但畢竟是已有相當羞恥心的二十二歲，過程中還是很彆扭。

「我是妳媽！妳全身上下我早就都看過了。」我媽毫不在意地幫我沖熱水，「而且妳有的我也有，好嗎？」她把水關掉，熟練又迅速地用大毛巾，將我包得像個襁褓嬰兒。

「沒事就好，」媽媽抱著我。「妳剛剛躺在那裡口吐白沫發抖的時候，我真的覺得妳已經離開我了。」縮在媽媽懷裡的我，終於像孩子一樣，放聲痛哭起來。

在這之後，我休息了兩天才回去上班，關於那天晚上發生的事，早就在小小的辦公室裡傳開，我剛放下包包就被叫進小會議室。

「妳知道妳爸有打給我嗎？」主管問。

「知道。」

「妳知道妳爸還問我自己也有女兒，怎麼可以這樣對他的女兒嗎？」

「知道。」

「妳知道妳爸還怪我怎麼沒送妳回家嗎？」

「嗯？」

「我不是已經叫同事送妳回家了嗎？」主管的聲線開始顫抖，「我有不管妳嗎？」

「有必要質疑我當母親的心嗎？」主管眼眶竟然開始泛紅，那個委屈勁，簡直就像是受了什麼需要升堂的冤屈似的。

「我想我爸不是那個意思。」我平靜地說。

「而且，」主管抽了一張衛生紙，按了按還沒有眼淚流過的臉頰。「你們有付同事計程車費嗎？」

我還以爲自己聽錯。

「什麼？」我禮貌地再問了一次。

「我說妳爸媽有沒有幫人家付計程車費！」主管不耐煩地重複了這個驚人的問題。「人家特地送妳回家，這點禮貌要有吧。」

「妳說什麼？」我出動畢生家教指導出的良好教養，禮貌地，再問了一次。

「我說妳爸媽有沒有幫人家付計程車費……」

「不是，」我打斷她錯誤的重複，「我是想問，妳怎麼會問出這種問題？」

「我差點酒精中毒死掉，妳卻只在乎我有沒有幫女同事付計程車費？」

十天後，我依照勞基法規定完成離職手續。關於主管不知爲何最在意的計程車費，我媽在管理員去找行李推車的當下，就已經拿一千元給那位女同事，謝謝她的一路照顧，同時也囑咐計程車司機要安全把女同事載回家。

而那件長袖黑色及膝洋裝，至今還掛在我的衣櫃裡。我常常在想，如果那天我穿的不是這件洋裝，是否就會在主管來回打量之下逃過這一劫，然後再洗不知道幾年的不是自己的碗跟杯子？

用一件在華人社會中女生才能穿的裙裝，我擺脫了不知道爲什麼只有女生才能做的刷洗地獄。雖然代價是三年內我只要聞到白酒就會反射性乾嘔，造成不少人誤以爲是自己身上有味道，但我已經能一笑帶過。

「不是你們臭啦！」我笑說：「我之前白酒中毒到差點死掉，還好活下來了。」

2
短褲與短裙的差別

我第一次接觸化妝品的記憶，並不是那麼好。

出社會第二年的時候，我從刷洗地獄轉到第二個職場，投入平面媒體的行列，開始了我的文字記者生涯。那時的我，還是一個對諸事懷抱熱情，認爲理想與麵包可以輕易共存的年紀。也是一個以爲用原本的自己，就能衝撞出未來的年紀。

但我遇到的第一個難關，是同事直接放棄認識我。

「妳看起來太嫩了。」

「一看就知道撐不久。」

「我們正在打賭妳兩個禮拜還是兩個月才走。」

於是同事們幾乎不存我的電話，甚至還有攝影師直接跟我說，他不想浪費手機空間存沒用的號碼。

爲了成爲大家通訊錄裡的一分子，我燃燒著現在的我會羨慕的旺盛精力，用拚上一切的態度完成每一個採訪，並在採訪途中偷偷觀察攝影、剪接、美編的工作方式與技術，讓自己盡可能變得全能、變得無人可質疑。終於有一天，攝影接起我的電話時，第一句不再是客套的「您好，請問哪裡？」而是直接喊出我的名字，問我幾點出發，這是一種難以言喻的成就感。直到有一天，一條短褲摧毀了我。

那天，是我不知道第N次穿短褲去上班，但卻是我進公司以來第一次引起老闆娘正眼注視。

「妳穿這什麼鬼樣子？」老闆娘在開放的辦公室裡放聲問。

「一個記者，」老闆娘誇張地翻了個大白眼：「穿短褲成何體統？」

「短褲怎麼了嗎？」我小聲地問，順手拉了一下褲腳。

「不好看啊！」

「天哪！」

「露那兩條腿，」

「拜託告訴我妳今天沒有採訪！」

我努力保持鎭定，全力忽略那來自辦公室四面八方往我腿上盯的目光：

「我今天沒有採訪。」

「謝天謝地！」老闆娘轉過身，對著整間辦公室喊：「以後大家穿著得體一點，好嗎？我拜託大家。」

這時我的臉書跳出新訊息，我趕緊坐下點開，發現是坐在前面兩排的另一組女記者。

「妳剛剛是因爲穿短褲被罵嗎？」女記者問。我正要打「對啊」時，下一行新訊息又跑出來了。

「我也穿短褲。」

「我旁邊的同事也穿短褲。」

「我們現在都不敢去上廁所了……」

那一天，不只是我再也沒從座位起身，膀胱裡的那泡尿就這樣一直留著，在下腹鼓起一球難忍的緊繃疼痛，直到老闆娘下班，才急急忙忙衝進廁所，這時的尿已經很難解，無法像以往順暢的一道水柱，而是一滴滴、一陣陣地分段解出，將馬桶裡的一池清水染成帶血的深褐色。

我顫抖著按下沖水鈕，看著血絲順著水流旋轉，繞著繞著繞進了我的心，像繩索般纏繞緊捆得我隱隱作痛。

晚上睡覺前，我在鏡子前看著再正常不過的一雙我的腿，轉身，把所有短褲埋進衣櫃深處。隔天，我在攝氏三十二度的炎炎夏日醒來，穿著無聊但整齊的長袖襯衫與長褲上班，想著應該可以不再招人眼光，沒想到卻直接被老闆娘請進辦公室。

「妳每天都讓自己長這樣嗎？」老闆娘無奈地說。

「……什麼意思？」在老闆娘強大的氣場下，我盡量保持禮貌，但聲線仍在顫抖。

老闆娘翻了個白眼：「妳好歹也化個妝吧，都已經是文字記者了。」

「雖然我是有禁止記者在報紙跟影像上露臉啦。」老闆娘拿出自己的粉盒，打開折射著水晶光的圓蓋：「但，這是一種禮貌。」

她的視線望進蓋子後的那面圓鏡，細緻地沿著唇線在已經很完美的口紅上又補上一層水光，補完後，專注的眼神變得迷濛豔麗，而我在那絢彩斑斕的水晶蓋面上，看見了二十三年來一直很熟悉的臉，在老闆娘手中貴氣的折射光映照下，陌生得讓我無地自容。

當天下班後，我第一次走進藥妝店的化妝品區，將架上的五顏六色放進籃子裡，用剛領到的第一個月薪水把它們帶回家。隔天特地起了大早，奮力模仿網路上的教學，將各種色彩抹在該塗抹的位置。前往公司的途中，臉上的異物感在在提醒著我今天「長得很不一樣」，渾身不自在的我低著頭在通勤路上衝刺，好不容易抵達辦公室，又得擔心同事們發現我的不同，幸好他們只是從忙碌中抬起頭來瞟一眼：「妳化妝啊？」我害羞地回說對，然後大家又開始忙著工作，於是我也放鬆下來，專心投入工作中。

下午把稿子送進老闆娘辦公室時，老闆娘看了我一眼，「我的天啊！」她瞠目結舌地看著我。

「妳是要去參加婚禮是不是？」

「妳眼睛怎麼畫成這個樣子？」

「唉算了。」老闆娘揮了揮手上的紅筆：「妳趕快出去吧。」

她提起紅筆低頭繼續審稿，那一整天，我的頭再也沒抬起來，甚至連上完廁所，在洗手檯洗手時，也不敢抬頭看向鏡子中的自己，我把頭髮盡量撥到臉上遮掩，在臉上逐漸強烈的異物感中厭惡著自己，這樣的厭惡逐漸轉變成憤怒。如果素顏是一種不禮貌，化妝技術不好是一種笑話，在這個打著「強調內在美」實則外貌取勝的虛偽世界中，一個女生還能剩下什麼？

「妳的腮紅是有點重了。」

「妳嘴巴好像塗太紅了。」

「妳不適合橘色。」

「妳的眉毛一定要畫那麼粗嗎？」

「妳不化妝可能還比較好看。」

如果化妝是一種禮貌，那為什麼我完成了禮貌，獲得的卻是比素顏更猛烈的羞辱與檢驗？

當時的我為了融入社會，還是接受了這些意見，認眞爬文、看影片，尋找最適合自己的妝容，每天每天，都用追隨著符合時下潮流的模樣活著，漸漸地，化妝成為了我生活中的不可或缺，吃飯時因為擔心口紅掉色，會張大嘴把食物直接送進喉嚨深處，每到下午就擔心出油脫妝，為了尋找不暈的眼線筆揮霍著薪水。

在這樣的過程中，原本的厭惡感意外轉變成樂趣，也開始因為在意自己的外貌，更珍惜自己，但那二十三年不用化妝品也能快樂的人生，卻也逐漸塵封進一層層胭脂之下，我甚至想不起來當時的我是怎麼生活的。

後來，我輾轉到了幾家媒體公司工作，身邊開始有人說我漂亮、可愛、「上得了檯面」。不知不覺中，我已經隨著這一層層胭脂走進了新的戰場。

「把妳端出去不會丟臉。」

「這些事能解決，眞要謝謝妳的女色。」

「果然妹仔就是不一樣。」

「妳要是再瘦一點就完美了。」

「妳不要駝背就一百分，爲什麼老是駝背？」

「今天的客戶都是男的，妳要是穿個短裙就好了。」

短裙？

我想起了那一天，我在辦公室裡被老闆娘叫起來，衆目睽睽之下被痛斥穿短褲有多難看的往事。爲什麼女人穿短裙露兩條腿叫好看，穿短褲露兩條腿，就是不得體？

女人的腿間，是所有人類誕生的地方，但當人類長大以後，卻變得無法好好面對自己的「出生地」。如果女人兩腿之間有遮掩是不得體，那從小教育我們女孩坐姿不能腿開開「不然會被看光光」，難道就是爲了替「因性別正確可以穿裙子」的我們，在適當的裸露之前先學會「適當地遮起來」嗎？

那爲什麼當女生穿起相對來說不會走光的短褲時，就是不禮貌了呢？這些禮儀與規定，究竟是在滿足男性對女性的幻想，還是在束縛矮化女性的自我意識？

曾經一度以爲自己已經成功融入這個社會，直到發現這個社會仍然只看見我的外表，且不只標準瞬息萬變，甚至還惡劣地予取予求。當我爲了專案徹夜趕工，沒什麼時間睡覺還是咬牙早起，只爲用粉底液蓋過熬夜在臉上留下的鐵青。被經痛折磨到蒼白無比的雙頰，也爲了不讓受訪者感到不安，硬抹上佯裝好氣色的腮紅；爲了符合公司對女性員工的潛在要求，我眞的不穿短褲了，而是改買不少裙子，加強不知何時進入我腦海詞彙裡的「女子力」。結果這些努力與改變，最後只是一場「女色」。

我眞的再也忍受不了了，直接對小主管大吼：「你再說一次我的成功是因爲女色，我就去告你性騷擾。」

小主管笑了，還對周圍的同事使了一種「這有什麼大不了」的眼神，大家都在輕輕地笑：「我們只是開玩笑，妳連玩笑都開不得嗎？」

「開玩笑，」我冰冷地說：「開玩笑是要當事人也覺得好笑才成立。」

我毫不客氣地把眼神移向小主管的褲襠，小主管嚇得翹起二郎腿擋住。

「哇！」我天眞無邪地問：「難道你是因爲雞雞當上主管嗎？」

「眞讓人難以相信。」我頭也不回地走出了辦公室，同事們仍在輕輕地笑，但這次沒有小主管的聲音。

女孩，妳有胸部是一件正常的事；妳的臉未施脂粉是一件正常的事；妳化妝打扮是一件正常的事；妳穿短褲短裙露出人類都有的下肢是一件正常的事。在不傷害到別人與自己的情況下，妳爲自己做的任何決定都只能屬於妳自己，那些強加解釋的標籤，風吹了就會掉，千萬不要撿起來再往身上貼。

因爲妳是那麼地耀眼。

3 因為妳沒有錯

我曾經待過一間平面旅遊雜誌，老闆是男的，總編輯跟業務經理都是女生，另一個記者是男生，我們常常會一起飛到國外再分頭出差採訪。因爲我剛進公司，所以出發前被打了很多預防針。

「如果在飛機上頭暈想吐不要表現出來，也不要在他面前吃藥，老闆會覺得妳身體太差。」

「上一個暈機的同事，下飛機就變前同事了。」

「出差只能帶登機箱，身上背一個包包，就算去會下雪的地方也是。」

「老闆說這樣才俐落，不要出個差搞得像是要出國掃貨的大媽。」

「最重要的是，」同事異常認眞地看著我：「老闆很會開黃腔，尤其是對女生，妳一定要忍住不開心，然後陪笑。」

「連個愣住的表情都不要做出來。」

說眞的，如果把上述臺詞拔掉只看同事的表情，我可能會以爲他正在告訴我「爲了預防出差墜機，妳一定要寫好遺書放在房間最顯眼的地方」之類事關重大的出國須知，就是這麼荒謬的愼重。

於是，我帶著滿身莫名其妙的預防疫苗上了往飛機的接駁車，老闆看著我這個新面孔，笑著問我幾歲啦。

「二十九歲。」我一邊回答，一邊給了他一個資本主義社會人該有的微笑。

「二字頭！」老闆驚叫，然後掃視了一圈車上的男記者、女總編輯。

「那妳是青春，他三十二歲是中春，」老闆指了指我，再指向我身旁的男同事，最後轉向五十歲的女總編輯，笑著，用一根手指著她說：「妳是老春！」

而女總編輯熟練地陪笑說對。

「啊不對，」老闆搖了搖那根手指：「妳是老處女！哈哈哈哈哈哈哈哈！」

「哈哈哈哈哈哈哈哈」女總編輯跟著笑了起來，男同事也是，只有我的微笑變得僵硬無比，在老闆即將轉向我時，男同事用手肘頂了我一下。

「笑。」男同事從齒間併出一聲氣音，像是在丟出救命繩索要我抓住。

老闆在衆人的笑聲中整個人轉向我，意味深長地看著我，我不知道這是試探還是等待，於是稍微放鬆了一下僵硬的笑肌，保持彎彎的笑眼，優雅地抬起手遮了一下嘴巴，技巧性地表演出好像在禮貌大笑的樣子。

到了當地後我們原地解散，各自進行一天的工作，晚上結束後再到某間餐廳集合聚餐。

「你們都到啦！」老闆笑咪咪地走進店裡，絕對不能比老闆晚到的我們急忙站起來迎接，就在他拉開椅子要坐下前，突然深深吸了一口氣，然後把頭轉向我。

「妳剛剛有去廁所是不是？」老闆問我。

我的確是在老闆來之前用了廁所，這間餐廳的廁所只有一間，是男女共用的那種，而且還設在外面，這樣聽起來老闆剛剛是先去了廁所再進來的，但我明明提早五分鐘到，不可能看到我走出來啊。

「……對。」我開始擔心身上是不是有尿味。

「我就知道。」老闆笑開了花，再抽了抽鼻子：「剛剛我去廁所時有聞到妳的香水味。」

我笑了笑，沒有答話，隨著老闆入座，大家也跟著坐下，本以為這個話題可以結束了，沒想到老闆竟然還要繼續說。

「妳，」老闆看著正在拆濕紙巾的我：「是站著尿尿啊？」

「什麼？」我以為我聽錯了：「您說什麼？」

「我剛剛進廁所的時候，馬桶圈是掀起來的啊。」老闆右邊的嘴角微微上揚：「妳那麼瘦，不放馬桶圈坐著上，一定會掉進去的。」

「所以我就在想，妳是不是站著上的呢？」老闆撕開了自己的濕紙巾遞給我，我急忙撕開自己的濕紙巾擦手假裝沒看見，整桌的空氣隨著老闆那張懸在半空中的濕紙巾尷尬起來。

因為潔癖，只要是公用的廁所，我的確都不敢坐在馬桶圈上尿尿，但這並不表示我需要解釋自己的如廁習慣，甚至是要被他人想像或猜測。

「哎呦，怎麼問女生這種問題。」老闆的男助理笑咪咪地打圓場，拿下了老闆的濕紙巾幫他擦手：「老闆，您今天要點什麼？」

「今天第一次跟漂亮小姐出差，」老闆推開助理的手，把濕紙巾丟到一旁，瞇著眼看我：「我要請她吃和牛！」

全桌一片譁然，因為老闆平常很小氣，大家點的一定都是當店最便宜的，如果點了稍微貴一點的就會被唸個半個月。

「而且只有她可以吃。」老闆優雅地闔上菜單，我整個人不寒而慄，接踵而來的沉默也沒有隨著大家的餐點一道道送上而打破，直到被餐廳擅自視為壓軸的和牛端上桌，老闆才重新開口說話。

「讓小姐先吃，」老闆將和牛推向我：「她先動筷我們再吃囉！」

看見我猶豫，男助理又跳出來緩頰：「老闆的意思是女士優先！妳先吃一口沒關係的，這沒有不禮貌！」聽出助理的苦口婆心，我夾了一片肉吃起來，大家這才如釋重負地開始吃自己的飯，但我的重負卻還在繼續。

老闆看著我夾起長長一片和牛肉片，然後在我把肉片放進嘴裡的瞬間，突然朝我發問：「妳知道歷史上第一個保險套是怎麼誕生的嗎？」

我叼著那片還未全部塞進嘴裡的和牛肉片傻住，距離我把整片和牛肉吃下，大概只有一秒，腦海中卻迅速閃過許多想法。明知道自己正在被性騷擾，我該選擇傻笑和平帶過，還是翻臉掀桌讓事情無法挽回？

我想起小時候，家附近有個讓社區人心惶惶的暴露狂，常常會在小學放學時間，跑出來對著女學生亮鳥，那陣子媽媽都叫我跟鄰居姐姐一起走。鄰居姐姐對我們這些小女孩耳提面命，看見暴露狂露出尿尿的地方時，千萬不可以尖叫，而是要用憐憫的眼神看著他，然後指著他說：「好小喔！」

明明遇到暴露狂應該是一件可怕的事，但在鄰居姐姐生動的警告之下，早就在學校健康教育課明白男女性徵不同的我們，一個個笑得亂七八糟，放學時間因此變得歡樂無比。我們甚至把這件事當作一個大冒險，期待遇到暴露狂，想著一定要試試看鄰居姐姐說的那一招。當然，好險，在我們還來不及碰到這個暴露狂前，他就被抓了，於是我們得以眼球純淨地長大。

只是當時的我們並沒有想到，長大以後會遇到比暴露狂邪惡十倍的性騷擾犯，他們多半社經地位高、手段隱晦，但不論是公司社規還是法律，還是都要跟遇到暴露狂一樣，握有明顯且直接的證據才能定他們的罪。

但究竟哪個女生或男生在遇到性騷擾的當下，有取證的機會呢？既然受害者反擊困難，那我只能自己保護自己。

於是我開始暴食和牛肉片，然後在塞肉的空檔天真無邪地回了老闆一聲：「不知道。」

老闆這下像是逮到機會一樣追問：「那，第一個保險套有多厚妳知道嗎？」

我堅定地塞進第六片和牛肉片，並看著他的雙眼：「不知道。」

老闆似乎覺得自己掌握了話題主導權，笑意已經藏不住了，明目張膽地咧開隱隱抽動的嘴角，繼續有目的性地問：「妳知道，保險套太厚會影響到什麼嗎？」

我回想著鄰居姐姐曾經教我們的「憐憫表情」，開始一邊還原一邊吃和牛肉片：「不知道耶。」

老闆：「就是會沒什麼感覺……妳知道是哪裡沒感覺嗎？」

鄰居姐姐當初還教了一個進階版的對應方式，那就是用「那裡有東西嗎？」的疑惑眼神，來避免暴露狂二度攻擊。

於是我天真又疑惑地問：「哪裡？」同時讓雙眼盛滿澄澈晶亮的好奇與純真，並放下手中的筷子。

老闆還沒意識到我在幹嘛，繼續進攻：「保險套就是要越薄越好啊，因爲套上……放進去之後……」

我伸手抓了一整把放在桌子角落的牙籤，散落到桌面，再撿起其中一根，把外頭的包裝撕開，拿出又細又脆弱的牙籤。

「您想說什麼，」我把玩著那根牙籤，整張桌子的目光都聚集在我的手上。「您就直接說啊。」

「ㄆㄧㄚ！」衆目睽睽之下，我單手把那根細得要命的牙籤折成兩半。

「您剛剛說放進去會怎樣？」我把折斷的牙籤放回包裝紙裡，用衛生紙整齊地包好，眼睛仍舊堅定地盯著講不出話來的老闆。

「……呃……」老闆眼神開始游移：「我想說……其實這都跟歷史背景有關，這要講到日軍啊……」

就因爲我少了應該要有的不知所措閃躲眼神、少了預期中小女孩驚慌失措的表情、少了爲迎合他而嬌羞笑說「什麼啦」的扭捏，還少了義憤塡膺的阻止，終於讓他踢到鐵板，無處施展他認爲「男人」的魅力與權威。

看著他慌亂地收尾、瞎掰歷史，眞是小快人心，雖然我眞正想做的是把折斷的牙籤塞進他的雙眼。

這個社會有九成的職場，對於性騷擾只是表面上宣導「不可以」，實際發生時卻是先檢討被害人。不是要求息事寧人，就是要求舉證，等於逼得被害人再身歷險境一次，才可能蒐集得到「讓公司有理由處理」的證據。光是這一關，就足以擊垮所有鼓起勇氣舉發性騷擾事件的被害人。也許這是爲了不讓冤案發生的必要流程，但同時也成爲姑息的大漏洞，讓許多不肖之徒一個個頭過身也過。最後，「寧可錯殺一百，不可錯放一人」反而被實踐在被害人身上。有多少被害人每天上班時都要忍受那錯放的一百人，再被身心折磨一千次？

爲了保護自己，不只要學會「當場不在乎」，還要不在乎到讓對方感到被羞辱、找不到臺階下，只能等妳決定要不要施捨他梯子。這也是需要勇氣的，雖然需要這種勇氣的場合本就不應該發生。如果在被騷擾的當下做出過激反應，反而會讓對方用各種大事化小、小事化無的態度勒索，進行二度傷害。

「有那麼嚴重嗎？」

「我拍拍妳，是因爲我把妳當兄弟（或當女兒）。」

「妳多大了還裝清純？」

「別人都沒怎樣，妳爲什麼反應這麼大？」

而對目睹這一切的同事，也不用抱著太高的期待去討拍，畢竟就人性來說，大部分的人都選擇趨吉避凶。

「不要理他就好了啊。」

「下次離他遠一點啦。」

「還是以後妳多穿一點啊？」

「息事寧人！」

「以和爲貴！」

「那妳當下爲什麼沒跟對方說不要？」

「妳一定是說得不夠堅定不夠大聲。」

「呵呵，妳知道很多男生都覺得女生說不要就是要。」

「這樣他會以爲妳可以接受被這樣摸。」

這些比加害人還殘忍的風涼話，是超越二度傷害的三度傷害，因爲旁觀者輕描淡寫的三言兩語，就將錯誤完整移植到被害人身上，比動手還要暴力。

如果勇敢說「不」的後果會換得無止盡的孤立，那就承擔吧！願意承擔後果的人不會孤獨到最後的，至少我是這樣相信的。而我能夠有這樣面對黑暗的勇氣，都要歸功於我剛出社會時，在某報社共事過的一位男性主管。

我記得那是一個炎熱的夏天，我穿著白色的短袖T跟黑色的長褲，跟攝影師兩個人出班到一間小學採訪。那間小學收養許多流浪動物，並將其設計成生命教育課程，融入教學之中，用愛心打造出的獨特學習環境是這次的採訪重點，只是主責老師因爲第一次接受媒體採訪有點緊張，常常需要暫停討論、順一下口條。

而就在一次暫停，受訪者轉頭喝水的瞬間，站在我身後的攝影師竟然伸手摸了我。

我能感覺到他粗糙的手掌包覆住我的手臂，從外側摸進內側、手背還因此順理成章地觸到了我的胸部，但當下我連嚇呆、發火、崩潰或痛哭的機會都沒有，因爲受訪者已經放下水杯轉身回來，準備好接著說話，我只能發著抖繼續採訪，而他不安分的手又回到了攝影機上，聽著鏡頭若無其事的「吱吱」對焦聲，我的心已經碎成千千萬萬片。

這竟不是結束。

直到採訪完成之前，來自身後「像是不經意」的觸碰越來越多，但我當下只能使勁全力不去在意那雙遊走在我內衣肩帶，以及撥弄內衣釦子的手指，繼續對著受訪者微笑。

好不容易採訪結束，老師送我們出學校後就回去了，還在上課時間的校門口空蕩蕩，就剩我跟攝影師兩個人，攝影師上下掃了一遍我的全身，最後視線停在我胸前，問我要不要搭他的車回公司。

我淡淡地說沒關係，分開回去就好，轉過身就哭了。

因爲轉搭大衆運輸工具，所以當我回到辦公室時，自行開車的攝影師早已回到座位若無其事地修圖好一陣子了，滿心恐懼的我不願出現在他視線範圍，特意繞到隔壁娛樂組，再回到自己部門，壓低身子躲在電腦後面，不知道自己該怎麼工作。一個平常對我很好的記者前輩發現了我的異常，隨口問了句還好嗎？我哭著全盤托出，氣得前輩直接去找攝影組主管，不久後，攝影組主管來找我，接下來的對話我永遠都記得，因爲類似的話我再也沒有聽到過。

「這個攝影師不是第一次這樣了，」攝影組主管說。

「但這個人我沒辦法把他弄走。」

「以後排班會把妳跟他錯開，妳不會再跟他合作。」

「可是，你們之後還是會在辦公室碰到。」

「所以我要妳要記得一件事。」

攝影主管敲敲桌面，示意我抬頭看他。

「記得喔！是他對不起妳，不是妳對不起他。」

「妳勇敢講出來是對的，所以妳不要害怕。」

「在辦公室時看到他，連眼神都不要避開。」

「妳沒有錯，該畏畏縮縮的人不是妳。」

我努力撐開雙眼看著攝影組主管，但眼淚卻不由自主地滴落。

「不要哭。」攝影組主管抽了兩張面紙塞到我手裡：「在職場上不要那麼愛哭。」

「妳一定要記得隨時抬頭挺胸，因爲妳沒有錯。」

那一天後，我不只在辦公室不斷遇到這位性騷擾攝影師，之後換了幾個工作，在不同職場上也都碰到過各種類型的鹹豬手跟鹹豬嘴，像是既關心我上廁所姿勢，又要跟我聊保險套厚度的老闆，但卻再也沒遇到像攝影組主管這樣的人了。不是冷血地聽完陳述，再用需要直接證據的回答來「佯裝自己也是爲了公平正義」，而是以人性的角度思考我的處境，並且誠實相告他無力改變現狀，不過最重要的是，他教導了我用什麼態度面對現實，這樣的保護，才是一輩子的。

回到保險套話題配和牛的餐桌，我當然知道老闆想要看我明明聽得懂他想說什麼，卻因爲不想表現出自己知道那麼多而窘促慌張的模樣，又或是臣服於他的權威而表現出撒嬌傻笑的模樣，甚至是這個社會總是期待女生永保純潔的童貞模樣。但他不知道的是，在這個資訊發達的年代，擁有正確且豐富的性知識已不再是什麼見不得人的事，這件事只有我可以決定要不要繼續聊，而不是他。

我本來以爲下不了臺階的老闆已經夠可笑，沒想到回臺灣後，某位女同事得知了這件事，竟然冷笑著對我說：「還不是因爲妳長得很好下手。」

可憐哪。這個流行語怎麼不早一點發明？

4

我本來就沒有什麼都想要

在某一間前公司任職時，途中空降了一個很會摸的長官程哥，但這個摸不是指摸魚，因爲程哥的確是在自己的領域中，以專業跟人脈爬升成爲哥，所以他摸的是人，尤其女人。大概只要生理性別爲女，一整天的班上下來，身上都採得到他的指紋，我也是其中之一。

還記得第一次被他摸的時候，是個再平常也不過的下午，沒什麼重大事件突發，流量萎靡，但那也沒關係，我們還可以利用推播功能把新聞送到使用者的桌面跟手機通知，衝衝流量。於是我一如往常地在自己的座位上，思考能夠吸引點擊的推播新聞標題，這時新官上任的程哥來了，問我們流量怎麼會那麼差。

「因為這個時間大家都在上班，不會滑手機跟臉書。」我一邊設定推播時間一邊回答：「所以現在正要用推播的方式，把新聞直接送到他們的瀏覽器裡。」

我按下送出後，流量開始爬升：「因為這對使用者來說，是一個干擾性很高的推播功能，所以我們也還在測試該推播什麼類型的新聞，比較不會引起使用者反感，導致退訂。」

因為剛剛推播的是隔天的天氣預報，所以流量爬升得滿快，而且還維持了一陣子，我滿意地記下數據。

「啊妳怎麼不選剛剛跑得滿好的那一條高鐵活春宮？」程哥把臉湊近我的電腦螢幕。的確，這間媒體在操作腥羶色這塊功力可說是爐火純青。不過我們已經試著在各種社群平臺上調降這方面新聞的比例，更不用說是這種把新聞直接送到使用者瀏覽器，一點擊就會占滿整個電腦螢幕的推播方式。

「這種推播不可以推腥羶色的新聞！」我被程哥突然湊近的動作嚇到，往旁邊退了一退：「你想想，誰會想被人發現自己在上班時間看活春宮啊？

這樣不但會被退訂，可能還會引起客訴……」

「蛤，可是我上班都在看耶，呵呵呵呵呵呵……」程哥笑嘻嘻地直起身子，然後把手放上我的背：「這就是幹新聞這行的好處。」他的手開始在我的背上揉啊揉：「而且還可以看到無碼的。」

等我回過神來，他都已經快走回位子上了，我簡直不敢相信自己在眾目睽睽之下，被一個男性主管假借談公事之名，用嘴跟手一起吃到了豆腐。

事發當下，我的大腦先釋出了拍拍功，自我安慰「可能只是想太多」、然後再跟自己約定好「不會再讓他有下次了！」就這樣一個人荒謬地自行振作，用自己的手，將不對的遭遇給掩蓋下來。

奇怪的是，那個「不會再讓他有下次」的聲音總是出現得好遲，每次都在程哥將手覆蓋上我用滑鼠的那隻手，或是把手捏在我的肩膀上按摩，或是抓住我的馬尾繞呀繞地玩，或是跟我說「他大腿還上有位置」之後才姍姍地出現。

「我覺得很不舒服。」我跟我大腦裡那個愛遲到的「不會再讓他有下次」的聲音抗議：「他憑什麼一直對我動手！」我看向整間辦公室的女同事，想起幾乎每個人都曾被程哥這樣對待。「而且大家好像都還覺得沒關係？」我開始自我懷疑：「難道，這其實不構成性騷擾嗎？」

午休時跑去問同樣被摸過的女同事們要不要一起蒐證舉發，卻沒有人願意當那個先鋒，反而勸我：「能躲就躲，盡量不要靠近他。」但事情要是有那麼簡單，我們又何必「想辦法」躲他？

我們開始在LINE上面開群組，互相告知程哥的行蹤：

「他去廁所了！」

「他好像去泡茶。」

「他剛剛出門了，但沒帶錢包！等等一定會回來。」

「可能去抽菸了？」

「趁現在快去上廁所！」

「啊啊他回來了！」

「他往廁所去了！」

「妳先不要出來！」

「咦她好像沒帶手機？」

「怎麼辦，這樣她會碰到他！」

不管怎麼躲，只要在同個辦公室上班，就是無止盡的摸與被摸，畢竟這就是我們所有人用沉默換來的辦公室日常。漸漸地，放棄掙扎的人就像是他的自助餐，乖乖待在餐盤上屬於自己的那一格，任他享用；想反抗的人則像迴轉壽司，不管怎麼逃還是在同一條轉帶上，被他碰到了仍然會被吃乾抹淨，再放回轉帶上繼續轉。

每一次閃躲失敗、每一次佯裝不知、每一次的「先選擇沉默」，都讓我更氣自己。終於，無止盡的忍讓輪迴侵蝕了我的生活，我開始懼怕送走每一天，因爲這代表下個無力改變的一天又要到來，而他每天仍笑笑地盡情伸手、動口，讓我感覺有一部分的自己，眞的被他吃掉了，而且身爲女性與下屬的意識還在矛盾中不斷膨脹，簡直就像在替他加菜。

慢慢失衡的我，終於在一次臉書留言事件中爆發。

因爲工作採排班制，平常上班都會錯過人最多的通勤時間，所以我已經很久沒搭過尖峰時刻的捷運，直到有一天因爲突發事件加班的關係，才在回家途中見識到宛如跨年的通勤捷運人潮，我隨手拍下密密麻麻的人頭、上傳到個人臉書，那時寫的大意好像是在講車廂裡的人多到像瘋了一樣，萬一不小心在推擠中碰到胸部，好像都是無可奈何的事。結果程哥留言說，眞希望自己也在那班車上，這樣就可以盡情去碰胸部了。

就是這一則留言，讓我感覺全身的血液都衝到心口燃燒，手指不由自主地在鍵盤上激動敲打起來，往加滿各大媒體好友的個人臉書上，公開了自己正在被職場性騷擾的訊息，這可是媒體圈不能說的，鮮少會被攤在陽光下的祕密。

事情，總是這樣流傳開的吧，在大家以爲不會有人忍無可忍的時候。

隔天我的臉友兼部門主管威姐，這才終於願意正面面對這件事。在漆滿黃色牆壁，被橘黃色的燈光照得溫暖舒適的會議室裡，我跟威姐相對而坐。她出動心理學書中常常提到的微前傾姿勢，表達出願意傾聽的誠意，輕而易舉地打動因長期緊繃變得敏感的我，於是我眞的開始忘情傾訴，把程哥不斷動手摸我、到臉書留言騷擾我的種種，一股腦全倒在了威姐的面前，我終於將這些髒東西都攤在了事發現場的一角。

只是接下來的發展，仍成爲了一場事故。

「喔……」只見威姐若有所思地點點頭，然後開朗地說：「我也常常被他摸啊！」

「但可能我自己有四個哥哥，從小一起玩慣了。」威姐看了看自己的手，指甲上有著粉色系的花朵彩繪：「碰碰手什麼的，我覺得還好啦。」

威姐眨了眨那雙刷著纖長睫毛膏、在亮片眼影下天眞無邪閃爍的雙眼：「他可能只是用錯了方法關心妳而已。」

我在威姐晶亮的眼球中，看見自己心寒如冰的倒影。

「就算我有四百個哥哥，」威姐這時眨了一下眼睛，卻是我掉下了眼淚。「他這樣的行爲，仍然構成騷擾。」既然管不住眼淚，那我更要堅定地說話。

「還有性騷擾。」我站起身，拒絕了威姐遞來的衛生紙：「如果大家都不處理的話，我會去跟人資說的。」我轉身離開了會議室。

不久後，程哥跟其他部門主管嘻笑著走進了那間會議室，消失在門後的溫馨中。半小時後，他們陸續走出變得漆黑的會議室，一場低氣壓已在程哥臉上醞釀，辦公室裡放著的電視這時正好播到天氣預報，氣象主播站在衛星圖前生動地指揮著：「菲律賓低氣壓已增強爲中颱，結構完整，移動速度快，不排除會在週三時經過臺灣……」

可惜我的風暴已提早來臨，那天之後的每一天，只要會議中有程哥出席我就會被修理，比如輪到我報告時，程哥會打開手機看影片並將音量開到100％，而且還邀請他身邊的主管跟同事一起看，礙於職場階級與風氣，通常程哥都會得逞。儘管如此，我仍堅持著把應該報告的內容講完，等我講完回到座位，程哥也馬上把手機收起，隨即把自己更換成積極地微前傾姿態，表演出傾聽的風範，做到如此明顯，大家都知道剛剛發生了什麼事，卻沒有人敢多說什麼，直到這個共犯體系以爲又可以將這抹尷尬蒙混過關，繼續讓日子安逸下去的時候，我終於等到了機會。

「咦大家怎麼會沒有問題？」我歪著頭用非常大聲的音量自言自語，程哥這時剛好把手機影片關掉，大家也剛好解散回到座位上。

「什麼問題？」負責主持會議的總編輯好奇了。

「噢，我剛剛有提到今天早上的新聞，發生了一個嚴重的錯誤。」我平靜地重複稍早報告的內容：「我們收到了不少投訴。」

「但我最驚訝的還是，你們竟然都沒有問題。」我微笑著，順手整理了下桌上的文件。

總編輯這下開始擔心了：「發生什麼事了嗎？妳當下怎麼沒講？」

「我剛剛講了啊，因爲是會議前十分鐘發生的事。」

總編輯：「可是我……」

「對，你沒聽到。」我點點頭表示理解：「至於你爲什麼沒聽到，」我看向程哥，他這時已經沒有心思表演什麼前傾姿態，而是整個人縮在椅子上。

「是因爲你認爲有更重要的事要聽。」我聳了聳肩，把筆記本蓋上。

「別這樣啦，妳再講一次！」總編輯敲敲自己的筆記本：「這次我們會認眞聽，快跟我們說哪則新聞有問題，我們要趕快改！」

「你們可以去問有聽到的人。」我把筆記本跟文件資料都抱在胸前，站了起來：「既然你們做出了選擇，就不能什麼都想要。」

我平靜地看著一整桌浮雲：「我也是做出了選擇以後，知道可能會有今天這麼難堪的局面。」

「但我本來就沒有什麼都想要。」

在逐漸失衡的世界，本就沒有什麼事是可以一直美好、一直雙贏，因此我只能優先選擇了自己最想保持完整的一部分。就算我有四百個哥哥、就算你是長官、就算我穿短褲、就算你喝到爛醉、就算我當下只是委婉拒絕、就算你認爲自己只是關心，都不代表你可以對我的身體、性別、年齡、職位或是意識任意妄爲。

在關上會議室的門之前，我回頭看著狂滑手機檢查新聞的總編輯：「噢，對了，總編輯你放心，那個錯誤已經修正了。」我微笑：「我既然已經發現有錯，就不會放在那裡一直不管的。」

之後，那些曾經跟我一樣敢怒不敢言，選擇忍氣吞聲的女同事們一個個都來跟我親近，抓著我的手充滿感激地說，自從我去反映程哥的騷擾行爲後，他收斂了很多。

「謝謝妳幫我們。」女同事開朗地笑了，臉上像綻放了一顆小太陽。

「我沒有幫妳們啊！」我說：「我做這些不是爲了要幫妳們。」

我也開朗地笑了，愜意地接過那顆小太陽，她卻不笑了。

「我是爲了我自己。」

「但還是很高興他有收斂一點。」

不久後，我就離開了這間公司，沒有失衡的膨脹也沒有缺角，而是很完整的，走向下一段新旅程。

5 我們明明都是人

「啪！」我把已經塡好日期跟員工編號的離職單按在妃姐的桌上。

「我就做到十天之後，請您務必現在立刻簽名。」我看進妃姐每天打造出的善解人意好媽媽面具後面的臉，語氣堅定地提出了勞基法規定的合法離職日。

「怎麼了啦怎麼了啦！」妃姐在慌亂之中依然貫徹著苦心經營的人設，舉起的雙手在半空中熱烈地揮動，順勢攀上我的肩膀拍啊拍，然後把我按到她對面的椅子上坐下，「幹嘛突然生那麼大的氣就要離職，有什麼不開心儘管跟我說啊！」

「我還要說啊？」我推開她的手站起來：「妳以後應徵這個職缺的條件

請先寫清楚，要找四隻腳的進來，而且是四肢著地的。」

「比如說狗。」我瞪著她說。

笑容在她那張歷經五十年歲月的臉上，輕易地凝固出無數條裂痕，不用碰就開始自行剝落，終於，戴著真面目的妃姐從裡面爬了出來，爬在一片片擦了粉的皮膚碎片上，惡狠狠地看著我。

「說我講話是狗在叫？會咬人？還妳養的？」我轉過身握住辦公室的門把，獨留那個坐在滿地碎片中間，再真實不過的妃姐：「妳是不是忘記了啊？」

「妳跟我，明明都是人啊。」我傷心地說。

幾個月前，正逢臺灣九合一選舉，我在某一立場偏綠的新聞臺網路媒體任職，現在可能很難想像當時的氛圍，那時正是高雄市長韓國瑜最風光的時候，他在高雄參選市長所颳起的旋風迅速吹進全臺各角，雖然選舉結果未定，但藍天風向已翻轉不少綠地，讓他一舉成爲在野藍營閃亮的新星。

當臺灣吹起藍風，對一個立場偏綠的媒體來說，無疑是流量最低迷的時候，這時立場偏藍的另一間新聞臺突然開始祭高薪獵人頭，從我們這間「競媒」（在業界立場對立但規模差不多，彼此視爲對手的競爭媒體）裡陸續帶走了各階主管跟第一線採訪編輯人員，我也在這時以高於現狀很多的薪水跳槽到這間「藍媒」，跟曾經一起從「綠媒」跳過來的同事，準備搭選舉熱潮玩一把流量。

綠媒跟藍媒的新聞表現方式非常不一樣，前者奔放敢言，但有時會不小心直逼被NCC罰錢的警戒線，而後者保守謹言，因此同一條訊息常常慢別家新聞非常多。但這個慢可是有正當理由的，說是要求證再求證才可以出稿，聽起來非常合理，合理到我一個待過七間媒體的人都覺得，終於讓我遇到一間有良知的媒體。

直到我進去以後才知道，原來慢不是因爲要求證，而是因爲「沒有人會寫」。九合一選舉如火如荼地將臺灣捲入政治風暴，各家新聞臺都在操作政治專題，但從我進這間藍媒起，每天一大早進公司看見的報稿全是娛樂跟國際新聞，一條政治新聞都沒有。

「為什麼會沒有政治？」我不敢置信地看著那完全不在狀況內的稿單。

「因為他們不會寫啊。」身旁的同事無奈地聳肩，看似早就接受了這個事實，打開早餐吃起來。

「不會寫？」我看著編輯臺坐得滿滿的人頭：「那這些人擅長什麼？」

「寫稿。」同事一邊滑臉書一邊吃蛋餅一邊講廢話。

「當然是寫稿！可是竟然不會寫政治。」我坐下盯著同事吃蛋餅，同事終於被我盯得不好意思起來，放下蛋餅轉向我。

「妳可以叫他們寫啊！」同事鼓勵我：「但妳要有心理準備，一，他們可能不會理妳。」同事重新拿起蛋餅：「二，他們會寫出重點完全錯誤的稿子，妳會不知道這到底該出還是不該出。」

想當初面試時，部門主管妃姐懇切地告訴我，要趁這次九合一選舉的勢頭一鼓作氣贏過綠媒，需要我們帶著在綠媒操作新聞的經驗，好好掀起一波政治熱，當時我也提出好多想法，講到妃姐眼睛都發亮了，直說不會讓人資砍我半毛薪水，一定讓我高薪錄取，一起改變這個地方。但現在看來顯然不是這樣，我只好去找妃姐，禮貌地敲了敲她辦公室的門，聽到裡頭傳來一如往常慈祥和藹的「進來吧！」才推門走進去。

「妃姐，我想請問一下，爲什麼這裡的編輯都不寫政治稿？」看著時針快走到八點，這正是最多通勤族滑手機看新聞的時段，也是一天中少數流量可以達到高峰的時期，於是我急著直搗主題。

「他們有不寫嗎？有吧，我記得有啊！」妃姐不傷和氣地回答。

「有是有，可是……」看見妃姐溫暖的態度，我開始思考自己要不要講得那麼直接。「可是眞的很少，首先一大早絕對沒有政治的報稿，之後就算有也是重點抓錯的版本，完全無法操作或製造話題。」

「我以爲，」我頓了頓，「因應九合一選舉，我們應該要有一套完整的操作策略。」

妃姐始終保持著媽媽一般溫暖的微笑：「是啊，是要有一套策略。」

「可是編輯不寫，怎麼操作？」我著急地問。

「沒辦法。」妃姐笑著說。

「沒辦法？」我愣住。

「我們不能教他們怎麼寫出厲害的稿子。」妃姐那一直微笑著的嘴角，正在吐出冰冷的話：「他們要是變聰明，都跑去當記者了怎麼辦？」

妃姐抓起我的手：「我要找多少人來補啊，帶新人很困擾的。」這個出乎意料的答案驚得我一身冷汗，但她看起來仍是那麼地溫暖可親。

「可是好奇怪喔。」妃姐可愛地歪著頭看著我，手裡還握著我的手：「這個問題，其他跟妳一起從綠媒過來的人都跟我講過。」

「你們『綠媒幫』怎麼這麼有默契？」妃姐又笑了，抓著我的手的力道加重：「別忘了，這裡是藍媒，不要老是講綠媒的事。」

「我剛剛哪裡有提到前公司……」我正要反駁，妃姐突然鬆開我的手。

「好了，我等等要去開會。」妃姐又回到了好媽媽的形象，開始收拾起桌上的文件：「謝謝妳來找我喔！我最喜歡同事有問題就說了！」

走出妃姐的辦公室，我只確定了兩件事，第一、我跟其他有綠媒背景的同事已經被綁成「綠媒幫」，第二、這裡沒有任何要改變的意思，尤其威脅到妃姐官位的改變都是不可以的，就連教編輯寫稿都不行。

之後的日子裡，只要我提出什麼建議，最後都會被「這裡又不是『綠媒』」給堵回去，哪怕我連「ㄌ」都沒提到。妃姐不斷要求我乖乖聽話：「大家都是這樣的，爲什麼妳跟『綠媒幫』的人意見那麼多？」

有次，正値編輯臺早晚班交接時，突然傳來重大事故的消息，且當下就確定有多名死傷，因此早班跟晚班同事全都留下來緊急處理。前面說過，藍媒偏保守的處理方式，通常都會慢別的媒體一拍，正當我以爲要見識到「求證再求證」的精髓時，辦公室裡卻發生了一幕讓我至今都忘不了的場景。

「流量一飛沖天欸哈哈哈哈！」

「有人死就好。」

「我們這樣算發死人財嗎？哈哈哈！」

「那個，只有受傷不夠！」

「不然就是要寫得像死了。」

「不然就是要奇蹟生還。」

「現場好像找到屍塊了，有照片嗎？」

「有照片也不能放啊！」

「可惜，放了流量就不得了了……還是放了之後打馬賽克？」

「會被罵吧！」

「被罵流量才高！」

「家屬到現場了！」

「那把他們哭的樣子截圖下來放主圖好了。」

「上面不會讓我們放啦！」

「煩欸，上面那麼保守是要我們怎麼做新聞？」

「眞希望再多死幾個人就好了。」

看著妃姐領軍的主管群把手叉在胸前，站在每秒更新的即時流量螢幕面板，以及播放著殘破不堪的現場的電視機畫面前，聲音跟著死亡人數跟流量等比攀升興奮吶喊，簡直就像在看什麼競技比賽，我眞的嚇呆了，原來所謂的「求證再求證」，是在這樣歡騰的氛圍下執行的嗎？

這是我第一次，在人性醜惡的中心，近距離的看著惡在眼前發生、擴散，而且這裡還是一間新聞媒體。

每當臺灣發生重大災情，對新聞業來說就是訊息大戰，因爲只要消息出得夠快而且適當地聳動，流量就會好，但這個平衡在目前臺灣網路新聞媒體上，還無法把持到最完美，只因處理這些新聞的背後都是人。

身爲一個人，我們會因爲成長過程的不同，對同一件事有著程度不一的情緒及價值觀，但是當出現死傷的重大災難發生時，能夠笑出來眞的是很罕見的事。過去待過的媒體在處理這類新聞時，心痛的感覺總在空氣中流動，儘管辦公室裡被電話聲、新聞播報聲、鍵盤聲吵得鬧鬨鬨，但是那股哀默仍舊壓在我們的心頭，尤其看著各種對死者家屬形同二次傷害的報導占據流量排行榜的前幾名，更是一種莫名的壓力，因爲這就表示要繼續追蹤著出稿，去挖死者的生平背景、描述死者的死狀、公開家屬招魂時的崩潰反應，每一個細節都像顆定時炸彈暫時被按住，直到下班回到家才陸續爆發。那些無法代謝掉的各種現場未碼照片帶來的衝擊、一則則爲了衝流量不得不做的稿子，甚至因爲看了太多斷垣殘壁下的肢體遺骸，同樣部位還會產生痛覺，痛到難以入眠。這些幕後辛酸沒有任何人知道，身爲記者的我們也只能用自己的方法療傷。

「爲什麼要講這些？」我有點生氣地衝上前問妃姐：「爲什麼要笑？」

「沒有笑啦！這種時候我們怎麼可能笑得出來啊！」妃姐搖搖手，微笑著否認：「我們只是在看流量走動，妳不要那麼誇張。」

「而且，」妃姐睜大原本笑瞇的眼睛：「你們『綠媒幫』以前在綠媒處理這種新聞的時候，標題不是都更聳動嗎？」

災難當頭仍舊在操作流量的我或許沒有比較高尚，但我從來都沒辦法笑得如此開懷，甚至期待更多死傷。我記得那天回家後，我哭得比從前更傷心，那是我第一次對自己的職業感到深惡痛絕。

隔天上班時，平常總是邊吃蛋餅邊滑臉書的同事，今天竟然把蛋餅放在桌上，低著頭滿臉爲難地滑手機，尤其看見我走來以後，臉上的爲難變得更加深刻。

「怎麼了？」我放下包包，按下電腦開機鍵。

「不知道該不該告訴妳……」同事低著頭對著手機螢幕說話，卻又抬眼偷偷看我。

「到底怎麼了？」我既不安又不耐地追問：「既然已經起了這個頭，就不要不跟我說。」

「好吧！」同事直起身子，把手機遞給我：「妃姐在另一個主管群組罵妳。」

我接過手機，看向在手裡發光的長方形。

「帶進來的這隻狗，」

「不只會叫，還會咬主人了呢！」

我把手機還給同事，站著彎下腰，朝鍵盤輸入帳號密碼登入，點進公司的員工內網。

「妳要幹嘛……」同事慌張地看向我的螢幕，我不發一語地按下「列印」鍵，拿起桌上的原子筆走向影印機。

同事衝到我的電腦螢幕前，眼睛嚇得睜超大：「喂！妳……」

「吃妳的蛋餅。」我拿著在影印機上寫好的A4紙走回座位拿起包包，順手將冷掉的蛋餅撈起塞到同事面前，大步走到妃姐辦公室前推門而入。

妃姐的電腦螢幕上還停留在通訊軟體的視窗，手指正往群組裡敲著些什麼，看見我衝進來，手嚇得到處找滑鼠，急忙把視窗關掉。

「啪！」我把已經填好日期跟員工編號的離職單按在妃姐的桌上。

「我就做到十天之後，請您務必現在立刻簽名。」我看進妃姐每天打造出的善解人意好媽媽面具後面的臉，笑容在她那張歷經五十年歲月的臉上，輕易地凝固出無數條裂痕，不用碰就開始自行剝落……

四個月前，我帶著滿腔的熱忱跳槽進來，最後卻被各種八股不肯變通，以及違背常理道德觀的人性給逼退。其實不管到哪個職場，都不可能萬事稱心如意，但會促使一個人願意留下來繼續工作，那一定是有了想守護的事。比如說我在某報社當記者時，社規是不可從受訪單位那裡收「任何好處」，哪怕是年節禮盒也得寄回去。在沒有拿人手軟的前提之下，記者什麼都敢寫，也更願意提出各種無懼任何一方的專題提案，這個記者當得既有尊嚴又有衝勁，而且爲了維持這難得的「新聞自由」，自主核實跟查證比誰都還要嚴密。儘管工作壓力眞的很大，工作時數也激長、主管又機車，但不知道爲什麼就是待得下來，這間報社也是我職涯中待得最久的地方。身爲一個人、身爲一個記者，我都當得很驕傲。

但在這間藍媒裡，我只看到高層手拉手站成一排不容翻越的堡壘，我就像被困在堡壘中的一種非人生物，當他們說你好棒的時候就是好棒的人，說是狗叫的時候就是狗叫，所謂的新聞自由都建立在他們的意識之上，我如果想守護些什麼，就只能是幫主管守護她的位子，守護方法也得全聽她的。

我實在無法忍受自己被薪水圈養成生平最討厭的那類人，留下辭呈的我正準備轉動門把推開門，直接將這一切令人厭惡的感受拋下。

「等一下！」妃姐從辦公桌後方連滾帶爬地衝出來抓住我，表情猙獰地搖著我的肩膀：「妳爲什麼會看到？誰給妳看的？」

我在這八點檔似的搖晃中忍不住笑出來：「妳果然最關心這件事，因爲這件事對妳來說才是最重要的。」

我撥開妃姐的手，直勾勾地望著她：「妳之前說，妳最歡迎同事有問題來找妳了，那請妳最後再聽我講一次。」

「重點才不是誰給我看的，」我背在身後的手悄悄地轉開了門把，「而是妳身爲一個長官跟新聞圈的大前輩，爲什麼會在能夠留下痕跡的群組裡，打出那種話。」

「也許妳應該從尊重人學起。」我把門敞開，妃姐伸出手想拉上卻被橫在前頭的我擋住，瞬間辦公室所有的目光都向這裡集中。

「我說的是，打從心裡的尊重。」看著妃姐因爲好人面具崩落而慌張不已，於心不忍的我還是選擇轉過身，替她擋下辦公室的目光洗浴，抬頭挺胸地用兩隻腳走出了這個是非之地。

一年後，我又在熟人介紹下回到同一間公司的不同部門服務，而妃姐卻早已在高層鬥爭中辭官，不知去向。

在每一個團體，我們多少得藏起自己最眞實的一面，察言觀色地活著，但當你覺得事情似乎漸漸走向不對勁，邏輯跟合法性也漸漸站不住腳的時候，你第一件事想到的是自己，還是那個「在人群中的自己」呢？

6

年終擂臺

某一年年末，我的直屬主管把我拉到會議室，隔著桌子相對坐定，而我在他沉默的十秒間，從那股圍繞著尷尬但堅定的氛圍中，明白了他要跟我談年終考核的目的，而且不是好消息。

果然在我主管嚥下一口口水，在椅子上轉了一圈後，終於下定決心看著我的眼睛，努力地用「這是理所當然」的語氣告訴我，因爲我年資最短、年紀最輕，所以年終考核會以部門最低等級「不及格」計。

聽到這個理由，內心的怒火再也止不住噴發，對上主管的心意已決，平凡的會議桌霎時升級成格鬥擂臺。

「因為妳的薪資少，比例上扣的錢少，整個部門的犧牲會最小。」主管隔著桌子朝我使出數學攻擊，看來他以為這樣就能一次解決我，好在文組出身的我邏輯上沒有車禍。

「我以為我們現在談的是『員工工作表現』考核的事。」雖然身為右撇子，我還是禮讓性地先給他一個不失禮貌的左掃腿。

「沒錯啊！」主管的HP血條虛降了一下，又補滿。

「那這跟待多久，年紀多大有什麼關係？」他不肯放棄，我也只好補上慣用腳的右掃腿，逼他面對自己的盲點。

「我看妳是最晚進來才不知道，這可是會輪流的，每年都這樣！」主管驚險閃過，朝我發動老鳥攻擊。

「明年就會換成下一個年資最短的人了。」主管拍拍胸脯，準備直接走下擂臺：「我會記得這件事，明年會公平處理的。」

「哪裡公平？」我把主管拖回擂臺，結果還未揭曉，誰說你官階大年紀大就可以耍賴走人？

「只要老人不走、新人不來，我不就還是年資最短的那個？」我朝主管揮了個直拳，對比他剛剛想直接走人，我這樣看來更光明正大。

「相信我，我會記得這件事的。」主管拿出「信任盾牌」防禦，但他不知道，這個道具的前提是敵方也信任他才有用。

「我不需要你記得這件事！」我撞開主管的信任盾牌。「我只想問你，你記得我這段時間做過什麼嗎？」

「我知道，妳完成了一個高層指定的案子。」主管找回良知，補上剛剛被自己的信任盾牌擊中損失的血量：「我看得到妳的付出與努力。」然後又丟出悲情牌：「但要論貢獻，妳來的時間比其他人短，我這樣不好算分數啊！」

「那爲什麼，我會輸給只早我一個禮拜報到的阿銘？」我氣到扛起機關槍掃射。

阿銘是早我一個禮拜報導的男同事，常常睡過頭遲到、出班會忘記帶設備、上字卡還會打錯字，所有跟阿銘搭到班的記者回來都氣爆，但因爲公司向來對於技術人員都有種執迷不悟的癡狂，只要阿銘懂用攝影機的一天，不管怎樣都會被原諒。

「喔，還有只早我一個月報到的Frank？」我繼續掃射。

Frank是英國名校畢業生，但他下午常常請假去其他家公司面試，面試回來還會跟大家分享，深怕大家不知道他在面試，而他忙著到處面試，沒辦法完成的工作就這樣理所當然地堆到了其他人身上。

「不要這樣算！」在槍林彈雨中邊逃竄邊翻滾的主管，抱著頭對我吶喊：「就跟妳說，我這樣很難算嘛！」

「到底，」我扣下扳機發現沒子彈。

「哪裡，」我換上新彈匣把機關槍上膛。

「難算！」我重新把機關槍扛上肩，準備來個絕地掃射。

「很容易不公平！」主管揮著白布條大喊，我發現他的HP只剩一半。

「妳不是主管啊，每個人都有妳看不到的一面。」主管小心翼翼地看著我手中的機關槍說：「所以我乾脆每年都以最後一個報到的打不及格，我認為這樣很公平。」

「這間公司考核中心思想到底是什麼？共產共榮？」我看見主管的白布條誠意，決定也暫時放下機關槍，用文明的對話解決。

「不是！」主管一聲否定，我馬上警覺地又拿起機關槍，主管見狀趕緊舉起雙手。

「妳想想，」主管舉著雙手，一邊說一邊靠近我。

「我還能想什麼呢？」我舉起機關槍朝他頂了頂，他往後退了一步。

「妳想想，如果我給來好幾年的人打了不及格，他們會怎麼想？」主管躲回椅子後，出動同理心戰術。

「我竟然還要替他們想?!」我簡直不敢相信這時還我要設身處地，一邊尖聲發問一邊扔掉機關槍，改拿起衝鋒炮。

「我以為已經待上好幾年的人，還可以做到不及格，」我把衝鋒炮扛到肩上，眼睛對上準星，「這就叫做要檢討的意思！」

「我很重視每個夥伴的任何貢獻！」主管看見衝鋒炮後嚇得不斷翻找自

己的武器袋，一邊用不痛不癢的話術設下只能硬撐一局的防禦陣：「我只是希望大家年終都能開開心心！」

「看來這個大家，」我心如死灰地扣下扳機，在大砲擊中主管之前說了一句：「這個大家裡面，沒有我。」射擊後的後座力頂得我踉蹌兩步，卻始終抵不上心頭凍起的寒氣。

我望著猛烈的火球在剛剛主管的所在位置慢慢燃盡，發現他在「大家都開開心心」的防禦下還剩一口氣，雖然已經殘破不堪地倒在地上，但他還有力氣對我招了招手，似乎還有話要說。

「公司中央規定的制度就是這麼死，」主管虛弱地看著我，咳出來的血都是黑紫色的，積怨已久的黑紫色。「我只能想辦法達到最大的勝利。」主管握住了我的手。

「評分不就是要鼓勵做得好的人，檢討做不好的人嗎？」我也抓住主管的手，激動地說：「為什麼是你要從中達到勝利？」「而且到底是誰的勝利？不就是待久的人的勝利而已！」我鬆開主管的手，改抓著他的肩膀搖晃，希望能抖出一個滿意的答案。

「就跟妳說……這些人待太多年了，扣錢的話……會傷很大。」主管咬緊牙關，堅守著最後一道不知道是誰的防線，而這道防線正在被紫色的血逐漸染黑。

他口中的「這些人」，正是一群把舒適圈蹲成一個不容質疑的生態的人，共同特徵是一遇到問題就迴避詭辯、常常不見人影，但長官來時就會神奇地出現、必要時會失憶、進化後會造謠、劣勢時會抹黑，還會去煽動年資差不多的那群人一起，充分展現一開口就撕裂、用嘴往上爬的能力。

「你覺得我考核分數輸給這些人，我會甘心嗎？」我傷心地質問。

「妳何必這樣窄化自己？」主管艱難地抬起手要摸我的頭，「妳格局要大，事情要看長遠，不要再這麼任性了。」

任性？我像被冷水潑了一身似地清醒，迅速把頭從胸膛抬起，撞飛了好不容易要抵達我頭部的主管的手。

「你說我窄化我自己？」我尖聲質問這個HP只剩10%的男人。

「這些人都已經僵化，我現在是要改變生態。」主管突然自己激動了起來，著了魔似地，朝著我身後的天空吶喊：「我需要新血！我需要年輕人的新思維！」「只要妳願意跟我做，我就會讓妳發光發熱！」主管竟然在這番自我喊話中完全復元，只剩齒間還留有紫色怨血染過的痕跡，不過他好像不在意，應該說，他好像已經習慣與之共處。

「我到底什麼時候說過我要發光發熱。」我沒好氣地回他：「我只想守護我覺得『正確的事』而已。」

看著他容光煥發地坐回椅子上，剛剛的格鬥擂臺似乎又變回了一般的會議桌，我們又回到上下屬的關係。

「你所謂有新思維的人，要忍讓要犧牲，成就歸與所有人。」我沮喪回到自己的座位：「然後那些你明知道有問題的人，卻坐享其成，你還把利益都歸與這些人。」

「好了，大家都只是來上班下班，過過日子罷了。」重新主導情勢的主管，恢復神采奕奕的姿態：「妳人生都浪費在找這些小咖討公道，不累嗎？」

「可是待很久的小咖考核會及格，他們可以在這個領域繼續搞汙染！」換我咬著牙問他，咬出滿嘴鮮血，「我卻因資淺不及格，也看不到及格的可能性！」我再也分不出自己是新血，還是在獻血。

「就跟妳說看長遠一點！」主管突然不耐煩起來：「我是在爲妳著想！」

哪個部分是在爲我著想？我驚愕地問他。

「妳他媽一個女孩子都幾歲了？」主管對著我的臉連珠砲起來，「短時間內有要結婚嗎？有要生小孩嗎？」主管半個身子探過會議桌，一臉怒氣地表達他所謂的爲我著想：「沒有的話，妳就該好好讓事業穩定下來。」這張會議桌在他火熱的手掌加持下，浴火重生回歸格鬥擂臺，只是這次他的ＨＰ條很長，我的很短，短到就算滿血也只有他的５％那麼多，正如我跟他之間的階級差距。

「所以，」他輕蔑地瞥了一眼我那短到不夠存活一局的HP條，「妳到底還想怎樣？」

我的性別、年齡、要不要讓另一個成年人進入我的生活，並製造一個小孩來養大，這些到底跟考核有什麼關係？而且為什麼這些條件進到一個體制裡頭，會被濃縮成這麼微乎其微的HP條？

原來就算到了這個我以爲已經走向兩性平權的時代，女人進入職場還是得面對那麼多的「過去的看法」，而且幾乎都是在檯面下洶湧，我們根本無從抗議起。

這讓我想起，自己在轉換工作的過程中，曾經面試過一間平面雜誌社的記者職缺，面試我的是一位女性高階主管，而她在面對同性別且同職涯的面試者時，更是有著非比尋常的切點。

我還記得她拿起我那六頁的履歷隨意翻了翻，但其實只細看了第一跟第六頁，分別是基本資料跟期望待遇。

「妳期望的待遇跟妳現在的年齡不符，我們無法給到那麼多。」女主管漫不經心地說，眼睛連看都沒看我一下。

「薪水是看年紀算的嗎？」我擠出一個震驚但不失禮貌的微笑：「我以爲是看技術、能力跟資歷。」

女主管放下我的履歷，兩手放在桌上交疊，像是在背書一樣回答我：「我們公司就是這樣，那些比妳大一兩歲的都不敢開這麼高。」她轉了轉脖子放鬆肌肉：「妳有機會的話可以去問。」

身邊很多朋友都說我瘋了，因爲我在找工作的時候，會爲了每個面試「客製化」自己的履歷。重寫自傳是基本動作，我甚至還會依據我對那間公司的研究跟職缺特性，重新設計版面跟資訊排序，將我認爲最吸睛的內容放在第一頁最顯眼的地方。我付出許多時間跟心力製作出的履歷，現在竟然踢到一個我無法改變的年齡鐵板，我怎麼能接受？

「第一，我不是他們，而是一個完全獨立的個體。」我按耐住怒火，試圖平心靜氣地講著我認爲是常識的話：「第二，我從來不問別人的薪水，通常這都有保密協議不是嗎？」

「妳自己待過報社，應該知道現在紙媒經營也很辛苦啊！」女主管突然迫切起來：「妳還能看到我們堅持著出版，都是共體時艱撐下來的！」

「我都還沒進公司，您就要跟我談共體時艱？」我想維持一個震驚但不失禮貌的微笑，但最後好像只剩震驚而已。

「不是啊，我們這裡也很多加薪的機會，只要妳夠認眞努力就能爭取到。」女主管開始跟我說起長遠又空泛的規畫，但這些話術如果在面試中進行，其實只是一種詐騙。

我當然不會上當。

「所以貴公司是想要夠認眞努力的白紙，還是要夠認眞努力而且還有資歷的人？」我一臉純眞無邪地舉手發問。

「當然是要有資歷的啊！不然怎麼會請妳來面試呢？」女主管翻了個白眼：「平面媒體現在多難做，哪有閒錢請個白紙教那麼久還不上手？」

「那請問，薪水砍到跟白紙差不多的目的是什麼？」我眞的很疑惑：「是不是對我的資歷有什麼疑慮跟不滿？」

女主管不耐煩地重複了一次：「因爲妳年紀不夠大，辦公室裡有同事比妳大都沒領那麼多。」

「請問年紀大小與薪水高低，」我也快要不耐煩起來，但基於禮貌還是忍住，「這兩者之間的關係到底在哪裡？」

看起來五十歲上下的女主管一秒也沒遲疑地回答：「因爲活得越久，在各種層面上來說自然越有經驗。」

「您確定？」我聲音尖了起來，情緒激動的時候通常會這樣。

「妳才幾歲怎麼會知道？我看過的人可比妳多得多了！」隨著女主管語氣開始有火藥味，氣氛漸漸變得像辯論比賽，可是我明明是來面試的啊！

「所以今天，一個五十歲的資深記者來面試，跟一個二三十歲的記者來面試。」我的語氣也不小心變成辯論的口吻，「請問貴公司會用誰？」

「當然是年輕的啊！」女主管再次展示什麼叫秒回。

「請教一下原因？」我也不甘示弱地一秒反問。

「五十歲都跟我一樣大了，還在找工作，那一定很有問題。」女主管竟然用diss自己的方式來說服別人，這麼謙卑的方式害我差點就無話可說。

「所以在您個人的認知裡，」我謹慎地斟酌著回應：「五十歲的資深記者不行，是因爲太老找工作NG；剛出社會的白紙不行，因爲沒經驗會教很累；然後有資歷但年紀落在二三十歲的我，因爲不夠老卻開出高價，讓您覺得NG。」

女主管點點頭，又急忙搖搖頭。

「貴公司眞的有想要找人嗎？」我回到面試者的身分誠心發問。

「等等，不是這樣！」女主管彷彿這時才終於想清楚該怎麼用中文好好表達她的想法：「我會質疑妳是因爲，妳每份工作都做不太長，好像常常在換工作。」

「那您為什麼找我來面試？」我平靜地問，結果女主管不懂了：「妳怎麼會這樣問？」

「我履歷上很誠實，只做一個月的工作都寫了，已經能看得出我的轉職過程，但您選擇現在才來刁難，請問是為什麼？」我一條一條地舉證，好像又回到了辯論比賽，不，應該說，其實面試一直都是種辯論比賽。

女主管忙搖手，再次重新組合出她眞正想問的問題：「噢不是啦，我的意思……就是想問一下妳，為什麼都做不久？」

「因為我也不是一畢業就知道自己想幹什麼。」看見她終於肯好好問問題，我也決定誠懇地回答：「我想趁年輕時多嘗試不同工作、累積各種經驗，其中最久的資歷是在報社待了兩年，之後又到電子媒體待了一年半……」

「最長才兩年！」女主管用抓到小辮子的表情興喜若狂地打斷我：「告訴妳，我在這間公司都做超過十年了！」

「十年？」我以爲我聽錯了，「我今年才二十八歲，就現行的曆法計算的話，要累積到十年的工作經驗必須十八歲就出來工作。」

「這個算術結果，」我心裡已經放棄這個面試，目標更改爲要贏得這場辯論：「您難道沒有計算到嗎？」

女主管又使出搖搖手技能：「我不是這個意思！」

「所以您到底爲什麼找我來面試？一定有您覺得適合、想要了解，以及有考慮想要錄取的點吧？可以跟我說您到底是看到我哪部分適合這個職缺了嗎？」我都快以爲我才是在面試人的那個。

女主管一臉勉強：「我就覺得妳採訪資歷很豐富啊！」

「那爲什麼要質疑我經常換工作？」我又多出一個問號，雖然已經不期待她的回答，但她的反應卻出乎我的意料。

「總之妳錄取了！」女主管一個拍案，好像事情就這麼定了。「妳什麼時候可以上工？」

我被這個倉促的決定嚇到，反射性地先吐出了一句客套話：「我要考慮一下。」

「妳來面試不就是很想進來工作嗎？我說妳錄取了，妳還有什麼好考慮的？」女主管這時突然展現看似有邏輯性的思辨能力，無奈她忽略了面試過程中的各種敗筆，可能產生的變因。

「我也在面試貴公司。」我找回冷靜，笑著提醒她這個一般公司比較少想到的角度，那就是面試者也是有選擇權的。

「我還有最後一個問題！」我趁她還沒回神趕緊發問，畢竟事情已經到了這個地步，不如我真的面試看看這間公司。

「請問妳們這次是想應徵人力還是人才？」我問。

女主管這次沒有猶豫：「當然是人才！」

「可是您端出來的籌碼，以及把技術跟資歷當作附帶價值的態度，並沒有讓我感覺到在徵『人才』。」

「您一直以來，都是這樣面試人的嗎？」

究竟爲什麼，同樣也在領薪水的主管，會這麼設身處地替老闆捨不得這項投資，想盡辦法拿出無法改變的現實條件如年紀、性別等當作要脅，並試圖以最低薪資取得該人的能力、人脈與資歷呢？如果這樣的人力節約有獎金可領，那這個生態圈的低薪循環該有多漫長。

曾經，在我剛出社會時，身邊所有人都在告訴我，妳才剛畢業沒經驗、不管待遇如何就先做做看、累積經驗才有資格跟人談條件，這些話聽起來是那麼地合理，合理到我傾盡滿腔熱血把自己刷成一張重磅白紙，便宜地把自己送進第一間紀錄片製作公司，然後在各種以磨練之名行欺壓之實的不合理工作要求裡，以及對女性職員的歧視與利用之中，我差點送命。

迷惘中換了一份又一份的工作，逐漸找到自己擅長的事情，以及希望對社會盡的心力，甚至還出國進修了一年。然而只要我的年齡還在二字頭，似乎永遠都只能先被當菜鳥看待。各種「妳還年輕啦」「還只是個妹妹」「妳還太嫩了」的言語澆淋已成常態，但我一直都知道，從踏進職場的第一天起，我就不能再「自己把自己當作菜鳥」了。

雖然換工作的頻率稍微高出標準值一點，但我是不太給自己蜜月期的人，每一天的工作對我來說，都該成為經驗的累積，因此常常把自己逼入絕境，甚至把身邊同事逼到都快瘋掉。更糟的是，我凡事不太信任團體合作，只想自己完成的壞毛病，成為我職涯中最大的阻礙，這些都是我每次面試時就會誠實告知想改進的缺點之一，而可以知道自己有這些問題的人，究竟怎麼能以菜鳥自居？

但在我七次轉職、二十幾次的面試中，年齡的問題始終跟著我，尤其因為外表看起來有學生氣的關係，更是常常被誤判成剛出社會的妹仔，甚至曾經在面試某間週刊記者時，面試官一看到我的臉就搖頭，說我年紀太小、受訪者會不信任我。儘管履歷上洋洋灑灑的採訪作品以及實際年齡，已經這麼明確地擺在眼前，不看的人還是不看，對年齡有莫名執念的人還是有執念。

我曾經也像大部分的人一樣，為了維持與業界的良好關係，在被貼上各種標籤時選擇忍氣吞聲，但這次我眞的忍不住了。因爲有時我也在想，自己的默許，或許也是助長這股歪風的幫凶，事實上，效果也並不糟，甚至還直接被錄取了。

看似莽撞的行爲，也有人認爲是勇氣的表現，在這個充斥著一體兩面的世界，兩種說法，我想我都可以接受。畢竟職場上世代對立永遠不會消失，而且還會像活火山一樣，每一天都會有各種新舊價值觀的衝撞與挑釁在爆發邊緣徘徊，而且不論哪個世代暫時獲得勝利，最後的結果還是會爆炸。既然如此，何不在遭到世代壓迫或年齡歧視時勇敢質疑呢？別忘了，不管你是哪個世代的人，你永遠都有選擇權，而這些你以爲不能得罪的業界大咖，才不會因爲你的選擇而記恨，會記恨的基本上都只是小咖而已，出去轉久了就知道，搞不好得罪過這些人才是正解。

當然這一切的前提是，你要是個能夠爲自己負責的成年人。

Eurasian Publishing Group
圓神出版事業機構
用心與你對話．視野無限寬廣
圓神出版社
Eurasian Press
www.booklife.com.tw reader@mail.eurasian.com.tw
圓神文叢 272
比鬼故事更可怕的是你我身邊的故事
作　　者／少女老王
發 行 人／簡志忠
出 版 者／圓神出版社有限公司
地　　址／台北市南京東路四段50號6樓之1
電　　話／(02) 2579-6600．2579-8800．2570-3939
傳　　真／(02) 2579-0338．2577-3220．2570-3636
總 編 輯／陳秋月
主　　編／吳靜怡
專案企畫／賴真真
責任編輯／吳靜怡
校　　對／吳靜怡．歐玟秀
美術編輯／金益健
行銷企畫／詹怡慧
印務統籌／劉鳳剛．高榮祥
監　　印／高榮祥
排　　版／杜易蓉
經 銷 商／叩應股份有限公司
郵撥帳號／18707239
法律顧問／圓神出版事業機構法律顧問　蕭雄淋律師
印　　刷／祥峰印刷廠
2020年4月　初版
2021年5月　7刷
定價 330 元　ISBN 978-986-133-715-9

那顆難吃的菜包就這樣從媽媽的回憶中被召喚出來，穿越了四十年的光陰，來到沒能參與的我們的記憶裡。也許那些曾經感到後悔的事、那些我們以爲辜負掉的愛情，都是一種預支，預支的是一口帶著遺憾的味道，好讓未來的我們能在這樣的初嘗中，成爲更好的人吧。

——《比鬼故事更可怕的是你我身邊的故事》

國家圖書館出版品預行編目資料

比鬼故事更可怕的是你我身邊的故事 / 少女老王 著.
-- 初版. -- 臺北市：圓神，2020.04
304 面；14.8×20.8 公分（圓神文叢；272）

ISBN 978-986-133-715-9（平裝）

863.55　　109001597

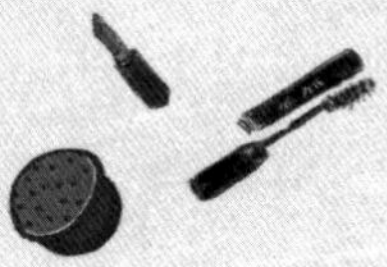